Misja Rangera

Pod przykryciem nie ma reguł.
Ani bezpiecznych serc.

Caitlyn Lynch

Shenanigans Press

Spis treści

ROZDZIAŁ PIERWSZY

PŁASKI TRZASK KARABINU DUŻEJ mocy poniósł się echem po niskich, falujących wzgórzach. Żaden ptak nie zerwał się z sosen. Do tego hałasu zdążyły już przywyknąć.

Szkło się rozsypało; jedna z rzędu butelek po piwie, wyważonych na drewnianej belce opartej na dwóch beczkach po ropie, poszła w drobny mak.

Leżący na brzuchu na niskim wzgórzu jakieś trzysta jardów dalej Drew Murphy wypuścił przez zęby zirytowany oddech. Odsunął się od karabinu snajperskiego Barrett opartego na statywie, przetoczył na plecy i wbił spojrzenie w niebo, mocno mrugając. Obraz w prawym oku uparcie pozostawał zamazany.

Telefon zawibrował mu w kieszeni, aż podskoczył. Minęły tygodnie, odkąd ktoś dzwonił albo pisał; nosił komórkę już tylko z przyzwyczajenia. Wygrzebał ją, uniósł i zmrużył oczy, patrząc na ekran.

Dobry strzał.

Zaskoczony, przetoczył się i spojrzał z powrotem na belkę z butelkami. Zza małej chaty po prawej wyłoniła się sylwetka, podeszła do belki i obejrzała szkło rozsypane za nią, po czym odwróciła się w jego stronę i pomachała.

— Kto to, do cholery? — Pierwszym odruchem Drew było sięgnięcie po karabin i lunetę snajperską, ale się powstrzymał, wymacał zamiast tego mocną lornetkę. Po paru sekundach sylwetka oglądająca butelki wyostrzyła się w polu widzenia. — Znam cię — wyszeptał Drew, ale imię mężczyzny nie chciało mu przyjść do głowy. Jeden z jego kolegów Rangerów... *byłych* kolegów Rangerów, poprawił się, z tym bolesnym ściskiem w żołądku, który towarzyszył mu za każdym razem, gdy o tym myślał.

Czego chcesz? — odpisał na nieznany numer.

Pogadać twarzą w twarz. Przywiozłem butelki na wymianę. Pełne.

Kusiło go, żeby powiedzieć, żeby się odpierdolił, ale piwo faktycznie mu się skończyło i już się zastanawiał, czy będzie mu się chciało robić dwadzieścia mil w obie strony do miasteczka, żeby je kupić. Towarzystwo dawnego towarzysza broni nie było wielką ceną za to, by odłożyć tę wyprawę o dzień lub dwa — byle gość nie chciał się zasiedzieć.

Zejdę za chwilę, — odpisał i zabrał się do rozkładania oraz starannego pakowania karabinu.

W krótkiej drodze z powrotem do chaty, która od sześciu miesięcy była jego domem, przypomniało mu się nazwisko tamtego Rangera.

Hunter. Porucznik Hunter. Odszedł z pułku przede mną; pojechał do Guàlize z kapitanem MacAulayem.

Co on, u diabła, robi tutaj, w Idaho?

Jason Hunter z zaciekawieniem obserwował wysokiego, żylastego mężczyznę schodzącego ze zbocza. Nie znał sierżanta sztabowego Murphy'ego zbyt dobrze — Drew Murphy był snajperem, a ci zwykle trzymali się na uboczu — ale ze wszystkiego, co słyszał, Murphy był elitą nawet wśród Rangerów, czterokrotnym zwycięzcą corocznych zawodów snajperskich. To był facet, którego dowództwo wysyłało, gdy cel absolutnie, bez dwóch zdań, musiał zostać zdjęty.

Aż do dnia, gdy w środku barowej bójki, próbując uspokoić młodych rekrutów tłukących się o nic, ktoś wbił mu w prawe oko odłamaną butelkę.

Były dowódca Jasona przysłał mu raport medyczny, na podstawie którego Murphy dostał zwolnienie ze służby. Oko zostało przez wojskowych chirurgów poskładane — Jason aż się wzdrygnął na samą myśl — ale uszkodzenia były poważne. Na to oko zostało mu mniej niż 20 procent widzenia, a było to jego oko dominujące.

Murphy przyjął zwolnienie ze służby z przyczyn medycznych i zniknął z radaru, najwyraźniej lądując tutaj, prowadząc dość surowe życie i próbując na nowo nauczyć się strzelać. Jasonowi trudno było uwierzyć, że Murphy zdołał się przestawić i korzystać z lewego oka na lunecie, ale potłuczone szkło na ziemi za belką było wymownym dowodem.

— Niezły strzał — powiedział na głos, kiedy Murphy wdrapał się po ostatnich kilku stopniach do chaty.

— Spudłowałem — odparł krótko Murphy. — Celowałem w butelkę skrajnie po lewej. Trafiłem w trzecią z kolei. Pomyliłem się o cholerną stopę. — Teraz, gdy Jason był dostatecznie blisko, prawe oko zdradzało ślady urazu: różowawe blizny na policzku pod nim, a tęczówka wyglądała na mętnoszarą, w przeciwieństwie do przejrzystego błękitu lewego. Zapuszczał kudłatą brodę, a skóra była opalona i ogorzała, jakby spędzał mnóstwo czasu na zewnątrz.

— Lepiej wejdź, poruczniku — powiedział w końcu Murphy, wskazując na drzwi chaty.

Jason poszedł za nim po chwiejących się dwóch stopniach do środka, zerkając wokół i ogarniając pomieszczenie uważnym spojrzeniem. W środku nie było tak podupadłe, jak wyglądało z zewnątrz; mebli było niewiele, ale w przyzwoitym stanie, a dużą część drewnianej podłogi przykrywał tkany dywan.

Murphy ostrożnie położył futerał z karabinem na małym stoliku przed jedynym oknem, wskazał Jasonowi jedno z dwóch krzeseł. — Mówiłeś coś o piwie? — uśmiech przemknął mu po twarzy jak cień.

Jason zdjął plecak z pleców, postawił go na podłodze przy nogach i wyciągnął dwa sześciopaki.

Murphy ścisnął usta, bezgłośnie gwizdnął. — Europejskie. Trudno tu o takie i do tanich nie należą. Chyba zależy ci na czymś więcej niż pogawędka, poruczniku.

— Możesz już tak do mnie nie mówić. Nie jestem już w Rangerach.

— Pamiętam. — Murphy sięgnął po jedno z piw, otworzył i pociągnął długi łyk. — Ale robota w Guàlize mnie nie interesuje. Namaszerowałem się po dżunglach wystarczająco, dzięki.

— Nie to proponuję. — Jason się uśmiechnął. — Zresztą sam tam już nie pracuję. Teraz jestem tutaj. — Wyjął z kieszeni skórzane etui na odznakę i przesunął je po stole.

— Szeryf Woodvale? — uniósł brwi Murphy, patrząc na odznakę. — To niedaleko stąd. Założę się, że kryje się za tym ciekawa historia.

— Zgaduję, że niezbyt śledzisz wiadomości — rzucił sucho Jason. — Mówiąc krótko, wróciłem w odwiedziny do umierającej ciotecznej babki, odkryłem, że jej syn to seryjny psychopata, a szeryf tworzył z nim szajkę polującą na ludzi.

Murphy wpatrywał się w niego z otwartymi ustami.

— To faktycznie bardzo ciekawa historia, ale nie po to tu jestem. Sam możesz wszystko doczytać. Jestem tu, bo mam problem i myślę, że możesz mi pomóc.

Choć Hunter twierdził, że skraca długą historię, zajęło mu dobre pół godziny, by podać dość szczegółów, żeby Drew zaczął łapać obraz całości. Wyglądało na to, że cały wydział szeryfa hrabstwa został zawieszony, kilku siedziało w areszcie, a resztę FBI drobiazgowo sprawdzało pod kątem wiedzy lub współudziału w zbrodniach Manhunterów.

— Czyli prowadzisz urząd szeryfa na słowo honoru i modlitwie? — zapytał Drew, mniej więcej w połowie trzeciego piwa.

— I dzięki masie oddelegowanych funkcjonariuszy z innych stanów i służb oraz kilku emerytowanym Rangerom, którzy usłyszeli o moim problemie i w zasadzie sami się zgłosili. Tak.

— A na mnie patrzysz jak na jednego z tych emerytowanych Rangerów i stwierdzasz, że jeśli sam się nie zgłoszę, to mnie zwerbujesz?

Hunter się uśmiechnął i pociągnął łyk swojego piwa — otworzył tylko jedno i sączył je. — W gruncie rzeczy — tak. Wygląda na to, że i tak już tu mieszkasz. A moim zdaniem wystarczająco długo się użalasz przez to oko.

— Fochy?! — Drew'owi aż krew uderzyła do głowy; walnął butelką z powrotem o stół.

— Tak. — Hunter patrzył twardo. — Obaj znaliśmy wielu, którzy w ogóle nie wrócili, albo wrócili z większymi ubytkami niż ty. Mam w wydziale dwóch, którym brakuje nogi. Więc już nie trafiasz w dziesięciocentówkę z pół mili. I tak strzelasz lepiej niż większość gości próbujących ustrzelić jelenia. Przestań siedzieć na tyłku, użalać się nad sobą i usiłować odzyskać coś, co nawet gdyby ci się udało, do niczego ci się już nie przyda.

— Jesteś kiepskim terapeutą, Hunter — rzucił Drew, gdy odzyskał oddech.

Uśmiech Huntera był krzywy. — Wybacz, stary.

— W porządku. Szanuję gościa, co strzela prosto i mówi prosto z mostu. Mówisz, jak widzisz.

— No. — Hunter wziął kolejny łyk piwa, oczy miał czujne. — Jesteś zainteresowany?

Od dawna Drew nie czuł nic poza frustracją i apatią. Zastępca szeryfa w małym hrabstwie na północy Idaho — tego sobie nie wyobrażał, ale na samą myśl poczuł, jak budzi się w nim ciekawość.

— Może. Kiedy chciałbyś, żebym zaczął?

ROZDZIAŁ DRUGI

Hunter uśmiechnął się szeroko, czując, że wygrywa. Murphy odchylił się na krześle, próbując udawać swobodę, ale głos zdradzał jego zainteresowanie.

— Właśnie o to chodzi. Nie będę ściemniał, że nie przydałbyś mi się z odznaką, na patrolu. Ale...

Murphy uniósł brew, porzucając pozę luzaka. — Ale?

— Dość ściśle współpracuję z FBI, z oczywistych powodów. Ale tutaj kręci się cała zupa literkowa agencji, każda przy swoich sprawach. Kilka bojówek, które są na radarze rządu. Niepokojące ilości opioidów w okolicy. I jedna konkretna ekipa motocyklistów, o której wiemy na pewno, że miesza w brudach, ale nic im nie możemy udowodnić. Pure Brethren.

— Czy to nie była jakaś starożytna sekta islamska?

— Bracia Czystości, owszem. Ci jednak... to zupełnie co innego.

— Zgaduję, że ciągnie ich raczej w stronę Aryan Brotherhood?

— Trafione.

— Uch. — Murphy skrzywił się, jakby poczuł w ustach coś paskudnego, i ruchem dłoni zachęcił Jasona, by mówił dalej.

— Okazuje się, że masz z nimi jakiś związek.

— *Że* co? Nigdy, kurwa, o tych pajacach nie słyszałem!

Jason uniósł dłonie w uspokajającym geście. — Wiem. Ale odziedziczyłeś tę chatę po swoim kuzynie, Jacobie Murphym, prawda?

Murphy zesztywniał. — Nie. Ledwie znałem Jacoba. Zostawił chatę naszej wspólnej babci, która jest w domu opieki w Coeur d'Alene. Ona od razu przepisała ją na mnie.

— Spadła w samą porę, kilka tygodni przed twoim urazem — zauważył Jason. — Dała ci kryjówkę.

— Do rzeczy.

— Twój kuzyn zginął w strzelaninie w Calgary, podczas negocjacji, które najwyraźniej poszły źle. Negocjacji w sprawie narkotyków — doprecyzował Jason. — Był członkiem Brethrenów. I to nie byle jakim; ich sierżantem broni.

Murphy zaklął pod nosem. — Wiedziałem, że Jacob to dupek. Zawsze był czarną owcą rodziny. Nie wiedziałem, że siedzi w szemranych sprawach.

— Przykro mi, że przynoszę złe wieści. — Hunter pozwolił mu przez chwilę to przetrawić.

— To by tłumaczyło Harleya pod plandeką w stodole — mruknął Murphy.

— I samą stodołę. Nie zauważyłeś, że jest dość nowa i wypasiona? A twój kuzyn nie miał ani żywego inwentarza, ani maszyn, żeby ją zapełnić. Brethreni używali jej jako magazynu albo punktu przerzutowego, jedno z dwojga.

— Chcesz, żebym do nich dołączył i jakoś przejął pałeczkę po kuzynie? Nie widzę, jak to ma zadziałać.

Mówiłem ci, ledwo się z Jacobem znaliśmy. I teraz widać dlaczego. Uważał mnie za świętoszka, a ja skopałbym mu tyłek, gdybym wiedział o tym gównie z Pure Brethren, nie mówiąc już o narkotykach czy czymkolwiek.

— *Albo cokolwiek* też tu wchodzi w grę — przytaknął Hunter, uśmiechając się krzywo, gdy Murphy jęknął. — Z oczywistych powodów interesuje się tym DEA. Wygląda jednak na to, że kiedy Brethreni spuszczają towar z Kanady w dół, to w drugą stronę przewożą broń, więc dołączyło też ATF.

— *Ja* pierdolę — skwitował Murphy.

— A ponieważ Brethreni nie potrafią trzymać rąk z dala od żadnego brudnego interesu, na jaki trafią, najpewniej dochodzi też do handlu ludźmi, stąd zainteresowanie FBI. I powód, dla którego tu jestem. Dość ściśle współpracuję z FBI. Rejonowa Agent Kierująca, Agentka Carruthers, poprosiła mnie, żebym do ciebie przyszedł ze względu na naszą wspólną przeszłość w Rangersach i upoważniła mnie do pełnej szczerości. Wydarzyło się tu mnóstwo syfu. Ostatni agent, którego FBI próbowało wprowadzić pod przykryciem do Brethrenów, wypłynął w kościanej jamie mojego wuja. A przynajmniej część z niego.

Drew nie miał pojęcia, co powiedzieć na te rewelacje. Jasne było, że Hunter ostrzega go, iż jeśli przyjmie zadanie, wszystko może błyskawicznie pójść bardzo, ale to bardzo źle.

— Twój wuj współpracował z Brethrenami? — zapytał ostrożnie.

— Możliwe. Były szeryf przynajmniej często przymykał oko. Żyje, ale milczy. Wciąż czeka na proces. Szczerze mówiąc, nikt mu nie zaproponuje takiej ugody, która uchroniłaby go przed celą śmierci, ale Idaho wykonało tylko trzy egzekucje od 1976 roku. McCarthy umrze ze starości w więzieniu i on o tym wie. Nie będzie gadał.

— Czyli nie dostaniemy od niego tych informacji.

— Nie od niego. FBI wciąż przegląda resztę wydziału, ustala, kto co wiedział, ale wielu z nich po prostu tępo wykonywało rozkazy. McCarthy wmówił im, że Brethreni są praworządni, a gang dbał o to, żeby nie robić kłopotów w granicach hrabstwa. — Hunter wzruszył ramionami.

— Martwy agent FBI twierdzi co innego, ale dobra. Co jeszcze? Skoro zaangażowane są też ATF i DEA, mają ludzi na miejscu?

— W ciągu ostatnich trzech lat ulokowano też dwóch agentów DEA; jeden zginął tragicznie w nocnym wypadku na autostradzie. Drugi spadł z klifu podczas wędrówki. — Ton Jasona nie pozostawiał wątpliwości, że w żadną z tych przypadkowych śmierci nie wierzy. — Żaden z nich nie był pod przykryciem dłużej niż miesiąc, nie przeszli etapu członka na próbę, nie ustalili nic konkretnego. ATF miało w zasadzie więcej szczęścia. Wprowadzili faceta aż do statusu pełnoprawnego członka. Jakieś tydzień później, ta strzelanina, w której zginął twój kuzyn? Jacob powiedział agentowi, że wie, iż jest z ATF. To była zasadzka na tamtego agenta, a czystym fartem facet zdołał odstrzelić twojego kuzyna i ujść z życiem.

Drew pokręcił głową z niedowierzaniem. — Ale wiedzieli konkretnie, że jest z ATF? Czy po prostu oskarżyli go, że jest federalnym?

— Konkretnie ATF, co od razu uruchomiło czujki. — Hunter skinął mu głową, doceniając trafność pytania. — Zwłaszcza że minęło ledwie kilka dni, odkąd ATF podzieliło się z innymi agencjami informacją, że ma kogoś w środku.

Drew wypuścił powietrze, nadymając policzki. — Mamy kreta. To jedyny logiczny wniosek

— Albo w DEA, albo w FBI. SAC Carruthers mówi, że do tego stopnia to zawęzili, ale na razie nie mogą dojść dalej. ATF odcięło kanały wymiany informacji przy tej operacji i działa solo.

— Nie można ich winić. — Drew uśmiechnął się krzywo, rozważając to. — Nie wiem — powiedział w końcu. — Jeśli Jacob kiedykolwiek wspominał o mnie Brethrenom, to będą wiedzieli, że ideologicznie się z nimi nie zgram.

— A tu się robi ciekawie. — Hunter uśmiechnął się zwycięsko, jakby właśnie miał wyłożyć asa. — Twój kuzyn rzeczywiście o tobie gadał z Brethrenami. Robił ci reklamę. Bohater Rangerów z Brązową Gwiazdą i Purpurowym Sercem, te sprawy. Nie dał po sobie poznać, że nie byliście *tak* blisko. — Skrzyżował palce i cmoknął ich koniuszki.

— Masz to od gościa z ATF — zgadł Drew.

— Taa. Z oczywistych powodów nie kręci się już tutaj — każdy z Brethrenów zabiłby go na miejscu — ale poleciałem do Houston, gdzie został przeniesiony, i spotkałem się z nim. SAC Carruthers poręczyła za mnie przed ATF i dali mi, i *tylko* mnie, jeszcze jedną informację. Mają kolejnego agenta na miejscu. Nie członka gangu, ale na tyle blisko, żeby obserwować wiele ich interakcji. Jeśli zdecydujesz się wejść, ten agent skontaktuje się z tobą i będzie twoim kanałem do przekazywania informacji, a także twoim wsparciem, jeśli będziesz musiał działać szybko albo dać nogę.

Brzmiało to naprawdę nieźle. Wszyscy myśleli, że snajper działa solo, ale w rzeczywistości bardzo rzadko pracował w terenie bez obserwatora, który osłaniał mu plecy. Agent ATF już ulokowany na miejscu, znający teren, jawił się jako najlepsze możliwe wsparcie — poza innym Rangerem.

Drew otworzył usta, żeby zadać pytanie, po czym rozmyślił się i znów je zamknął.

— Co? — zapytał Hunter.

— Chciałem zapytać, czy mógłbym spotkać się z agentem ATF, który musiał się ewakuować, ale jak o tym pomyślałem, może lepiej, żebym nie. Nie chcę palnąć czegoś, czego nie powinienem wiedzieć. Lepiej, żebym wchodził na ślepo. Sam rozpoznám, kto jest kim i jaki jest układ sił.

Hunter skrzywił się z niesmakiem. — Nie tak nas szkolono. Każda informacja jest lepsza niż żadna.

— Może nie, jeśli trzeba żyć i oddychać tożsamością przykrywkową. Ja wchodzę jako ja, ale nie powinienem wiedzieć niczego, czego Jacob nie mógłby mi powiedzieć. Gdzie ich znaleźć. Kto tam rządzi. Tego typu rzeczy. Muszę zadawać głupie pytania, jeśli mam wyglądać wiarygodnie, inaczej zorientują się, że wiem za dużo.

— Kumam. — Hunter powoli skinął głową. — A jakbym pogadał z agentem ATF? Poproszę go, żeby skrobnął ci szybki brief — takie rzeczy, które twój kuzyn mógłby ci opowiedzieć o Brethrenach, gdybyście byli w dobrych stosunkach.

— Pasuje. — Drew przytaknął.

— Czyli to tak... weźmiesz tę robotę?

— Sprawdźmy jedno. Dla kogo właściwie będę pracował?

— Masz na myśli: kto podpisuje czeki? — uśmiechnął się Hunter.

— Szczerze? Nieszczególnie mnie obchodzą czeki. — Drew wzruszył ramionami. — Dostałem porządne odszkodowanie z armii, bo technicznie zostałem ranny na służbie, choć nie na polu bitwy. Żyję dość prosto. Nie mam nikogo, komu miałbym coś zostawić, poza Babcią, która już teraz próbuje przepisać na mnie wszystko, co ma. Chcę tylko wiedzieć, kto jest w mojej ścieżce dowodzenia.

— Mną. Możesz się uważać za oficjalnie zaprzysiężonego zastępcę. Muszę trzymać cię poza oficjalnymi papierami z oczywistych powodów — jeśli Brethreni mają kogoś w DEA albo FBI, równie dobrze mogą mieć kogoś, kto zagląda w listę płac w moim biurze albo w to, skąd wpływają pieniądze na twoje konto — ale uzgodnimy stawkę i odłożymy ją dla ciebie w depozycie do czasu, aż się wyplączesz. Umowa?

Drew spojrzał na wyciągniętą dłoń Huntera. Pomyślał o alternatywach. Siedzieć tu i się użalać, próbować wrócić do tego, kim był przed tamtą bójką w barze — i po co? Do Rangersów i tak nie wróci. Hunter oferował mu misję. I to nie tylko misję, ale też szansę, by naprawić trochę szkód, które najwyraźniej narobił jego parszywy kuzyn.

— Mamy umowę. — Wyciągnął rękę i uścisnął dłoń Huntera. — Kiedy wchodzę?

— Kiedy zechcesz. Załatwię ten brief od agenta ATF, a potem oddam sprawę w twoje ręce. Dam znać Carruthers, że cię wysłałem, i jej odpowiednikowi w ATF, który prowadzi agenta w terenie — i na tym koniec. Trzymamy to w wąskim gronie — i miejmy nadzieję, że kret nie wyczuje, co się święci. Jeśli w którymkolwiek momencie uznasz, że twoja legenda może się sypnąć, uciekaj i nie oglądaj się. Chcę, żebyś po wszystkim wyszedł stamtąd żywy.

— Słyszę cię. On też nie chciał umierać. Zdarzały się w jego karierze w Rangersach chwile, gdy było blisko — to Purpurowe Serce było za kulę, która wciąż gdzieś tam postukiwała w jamie brzusznej — ale nawet w jego najczarniejszym dniu, kiedy chirurdzy powiedzieli mu, że wzrok w prawym oku już się nie poprawi, Drew nie szukał śmierci. Chciał to przeżyć.

Żeby zrobić coś dobrego.

Rozdział trzeci

— Dwa zestawy z cheeseburgerem, jedna pełna porcja żeberek i sałatka Cezar, z dodatkowym kurczakiem.
— Liane Hagerty odstawiła talerze na stół, mechanicznie uśmiechnęła się do towarzystwa, które z radością powitało hojność porcji, i ruszyła z powrotem do baru, gdzie czekało już kilku stałych bywalców na lane piwo. Było kilka minut po południu w środę, a chłopak, który obsługiwał za nią stoliki w porze lunchu, się spóźniał, więc Liane dwoiła się i troiła, roznosząc zamówienia z kuchni i nalewając trunki.

— Przepraszam, szefowo! — w tej samej chwili wpadł Merrick, szarpiąc kurtkę i wieszając ją na wieszaku za barem. Liane nie zaszczyciła go nawet spojrzeniem.

— Umyj ręce i do roboty — rozkazała chłodno. — Dziś mamy ruch.

— Już się robi, przepraszam za spóźnienie, auto nie chciało zapalić. Musiałem obudzić mamę, żeby mnie podwiozła.

Liane skinęła głową, przyjmując wyjaśnienie. Merrick wcale nie spóźnił się tak bardzo, ale prowadzenie przydrożnego baru z małą ekipą oznaczało, że gdy choć jedna osoba nie wyrabia, reszta ma na karku masę dodatkowej roboty. Merrick to porządny dzieciak. Naprawi samochód i prędko drugi raz się nie spóźni.

Na zewnątrz zawarczały motocykle i Liane wciągnęła głęboko powietrze. Kilku stałych, rozlokowanych przy barze, zesztywniało, po czym powoli rozeszli się do stolików, pilnie odwracając wzrok od drzwi i od mężczyzn wchodzących tak, jakby to oni, a nie Liane, byli właścicielami tego miejsca.

— Dzień dobry, panowie — powiedziała pogodnie. — Stały stolik jest gotowy.

— Nikt by się nie ośmielił go zająć — odparł z uśmieszkiem mężczyzna idący na czele gangu. Nie był szczególnie wysoki, ale miał szerokie barki i potężną posturę, a ciemne włosy i broda były gęsto spryskane siwizną. Oczy miał płaskie i martwe. Członkowie gangu wołali na niego Bull. Liane nie wiedziała, czy to jego prawdziwe imię. Też mówiła do niego Bull, kiedy już musiała zwracać się bezpośrednio, czego wolała unikać. Brudna naszywka na piersi jego skórzanej kamizelki głosiła „President".

Patrzyła, jak siedmiu mężczyzn pysznym krokiem podchodzi do długiego stołu pod daleką ścianą restauracji, tego przy dużym oknie z widokiem na strumień wpadający do jeziora pół mili dalej, a jej ręce już pracowały: zbierała butelki piwa, otwierała je i stawiała na tacy, którą Merrick był gotów zabrać.

Nikt nie kazał Brethren czekać.

Nikt też nie był na tyle głupi, żeby mieć coś przeciwko temu, że Merrick został przy ich stole, by przyjąć zamówienie na jedzenie, ani że wstawił je na początek kolejki do kuchni. Nawet parę grupek turystów, które zjechały z autostrady na lunch, czy to przed, czy po przekroczeniu granicy, miało dość rozumu, by rozpoznać, że właśnie do legowiska weszły samce alfa.

Dziś w przydrożnym barze było tłoczno, co chwila ktoś wchodził i rozglądał się za miejscem, ale stoliki najbliżej Brethren stały puste, a Merrick kierował ludzi do bardziej odległych miejsc. Niewypowiedzianą zasadą było, że te stoliki zajmowało się dopiero wtedy, gdy bar pękał w szwach i nie było innego wyjścia.

Między Liane a Brethren obowiązywało wiele niewypowiedzianych ustaleń. Albo raczej: w większości niewypowiedzianych. Kiedy Liane i jej mąż Eric kupili to miejsce — zanim Eric zwiał z kelnerką w wieku o połowę mniejszym, zostawiając Liane samą z całym interesem — odbyli dłuższą rozmowę z Bullem. Bullowi pasowało, by bar był miejscem spotkań jego klubu, gdzie dostawali dobre jedzenie i uważną obsługę. Biznesowi też było to na rękę — kilku głodnych facetów regularnie jadło i piło, a Bull nigdy nie sugerował, nawet przez moment, żeby płacili mniej niż pełną stawkę.

Na jednym jednak Eric i Liane postawili twardo. Brethren mieli trzymać swoje „interesy" z dala od lokalu. Sama ich obecność była wystarczająco odstraszająca, a to stali goście mieli utrzymać bar na powierzchni. Jakakolwiek działalność przestępcza mogłaby być pocałunkiem śmierci dla koncesji na alkohol, a to zamknęłoby przydrożny bar jeszcze szybciej.

Bullowi ten warunek nie przypadł do gustu. Próbował naginać granice więcej niż raz, zwłaszcza gdy Eric odszedł, a Liane została i przejęła dowodzenie. Dwa razy podeszła do niego, gdy siedział na „spotkaniu" z kimś w barwach innego klubu, i bez ogródek kazała przenieść się na parking. Wydawało jej się jednak, że ją za to szanuje, a ostatnio próbował tego numeru kilka miesięcy temu.

Liane westchnęła w duchu, kiedy jeden z bikerów wstał od stołu i niespiesznie podszedł do baru, opierając się o blat i ostentacyjnie prężąc wytatuowane bicepsy.

— Już wypiłeś piwa, Gerry? — zapytała tonem neutralnym.

— Chciałem tylko powiedzieć, że dziś świetnie wyglądasz.

Nie ukryła przewrócenia oczami, a na jego twarzy przetoczył się grymas niczym burzowa chmura.

— Nie słyszałeś? Nie powinieneś podrywać kobiet w pracy. Nie mogą być dla ciebie niemiłe, bo boją się, że stracą pracę.

— Ty tu rządzisz. Nikt cię nie zwolni.

— Próbuję ci tylko wyrobić trochę cywilizowanych nawyków. Usiądź proszę, Gerry. Wiem, że inni chcą się napić, a nikt nie podejdzie do baru, póki tu stoisz. — Złagodziła ton, pozwalając, by w głos wlała się odrobina południowej słodyczy, którą latami w sobie tępiła. — Patrz, Merrick już niesie wasze dania. Wziąłeś dziś żeberka? Ada wlewała wcześniej Jacka do sosu bardzo hojnie.

Gerry chrząknął, bezwstydnie sunąc po niej wzrokiem z pożądaniem, ale odwrócił się i wrócił na swoje miejsce, mruknąwszy podziękowanie Merrickowi, kiedy chłopak postawił przed nim talerz.

Liane cicho odetchnęła z ulgą, że znowu zbiła z tropu toporne zaloty Gerry'ego. Któregoś dnia, była tego prawie pewna, on nie przyjmie odmowy i będzie musiała albo odwołać się do Bulla, albo ustawić Gerry'ego do pionu. Wolałaby nie musieć wybierać tej drugiej opcji.

Bar był otwarty codziennie od jedenastej rano do jedenastej wieczorem, choć kuchnia zamykała się o ósmej. Liane była wyczerpana, kiedy wreszcie skończyła sprzątanie — z pomocą barmanki-asystentki z wieczornej zmiany — i ruszyła po schodach do mieszkania nad lokalem, gdzie mieszkała.

Nawet po prysznicu i posiłku z resztek, które Ada, kucharka, odłożyła jej na talerz, Liane wciąż nie mogła iść spać.

Bo dopiero teraz zaczynała się jej prawdziwa praca.

Sięgnęła po telefon, rozsiadła się na zapadającej się kanapie, ułożyła palce ostrożnie i jednocześnie stuknęła w trzy ikony na ekranie głównym. Aplikacja, która się otworzyła, nie należała do żadnego z popularnych serwisów społecznościowych, których ikony właśnie dotknęła. To był komunikator, taki, którego nie dałoby się znaleźć w telefonie, choćby nie wiem jak dokładnie szukać. Z jednym tylko kontaktem i jednym wątkiem rozmowy.

Jak dzisiejszy wynik? — napisała Liane.

Nic szczególnie interesującego, odpowiedź przyszła natychmiast. W oprawie oświetleniowej dokładnie nad stołem Brethren na dole zainstalowany był czuły mikrofon kierunkowy, którego przekazu słuchano na żywo w lokalnym biurze ATF. I nie był to jedyny mikrofon na terenie lokalu; dwa kolejne znajdowały się na parkingu, w strefie, gdzie Brethren zostawiali motocykle i gdzie zawsze wychodzili załatwiać swoje „interesy" poza barem.

Mam dla ciebie wieści — przyszła następna wiadomość. *Wchodzi nowy agent pod przykryciem.*

— O kurwa, nie — powiedziała Liane na głos, po czym wpisała to w aplikacji, nie przejmując się, co szefowa pomyśli o jej języku. *Ja zbieram informacje. Nie potrzebu-*

jemy kolejnego martwego agenta DEA albo FBI. Zostaw to mnie.

To nie ode mnie zależy. Już jest po odprawie i niedługo się pojawi. Nie jest federalnym. Jest zastępcą szeryfa.

— Cywil! — Liane niemal to wrzasnęła, a kciuki śmigały jej po ekranie. *Nie. On się zabije. I mnie przy okazji. Wie o mnie?*

Wie, że na miejscu jest agentka, ale nie wie która. Były wojskowy, nie cywil. Nawiąż kontakt, kiedy uznasz, że to dobry moment. Będziesz jego kanałem do informacji. Wasze hasło brzmi: „Myślę, że zieleń byłaby bardziej w twoim typie". Odpowie: „Mnie bliżej do niebieskiego".

To już było w ruchu, uświadomiła sobie z ponurą rezygnacją Liane, i nie miała najmniejszych szans tego zatrzymać. Mogła tylko jeszcze raz sprawdzić swoje plany ewakuacyjne na wypadek, gdyby wszystko poszło bardzo źle. *Kiedy?* — zapytała.

W ciągu najbliższych kilku dni. Nie znam dokładnego terminu.

To jakaś bzdura i wcale mi się to nie podoba.

Przyjęto, ale wiesz, że nigdy nie byłam szczęśliwa z tym, że siedzisz tam zupełnie sama. Ten facet ma realne szanse, L. Jest kuzynem Jacoba Murphy'ego.

Aż podniosły jej się brwi na te wieści. *I jest czysty?*

Kryształowy.

Nie była pewna, czy w to wierzy. Jacob Murphy był prawą ręką Bulla, po uszy w każdym aspekcie interesów Brethren. Jedyną rzeczą, której Liane naprawdę żałowała po jego śmierci, było to, że Gerry awansował na jego poprzednie stanowisko sierżanta broni i uznał, że daje mu to dość władzy, by pozwalać sobie na zbyt wiele wobec niej. Poza tym śmierć Jacoba Murphy'ego była, jej zdaniem, zyskiem dla ludzkości, i jakoś nie widziała w żadnym jego kuzynie szczególnie porządnego człowieka.

Zobaczymy, czy go przyjmą. Bull jest ostatnio piekielnie podejrzliwy. Skontaktuję się, jeśli dotrwa ponad tydzień.

Zrozumiano.

Zamknąwszy aplikację, Liane westchnęła i zwlokła się z kanapy, kierując do łóżka z nadzieją na kilka twardych godzin snu, zanim będzie musiała wstać. O dziewiątej rano miała przyjechać dostawa piwa.

Nigdy by nie pomyślała, że wstąpienie do ATF doprowadzi ją do prowadzenia przydrożnego baru i robienia na nim przyzwoitego interesu, ale była tu już od roku, obserwując Brethren z tak bliska, jak to możliwe, nie będąc członkinią. Oczywiście zarówno jej „mąż", jak i „kelnerka", z którą niby uciekł, byli innymi agentami, a całą scenkę pieczołowicie zaaranżowano tak, by zostawiła ją na miejscu z minimalnymi podejrzeniami. Zgrywała kanciastą, ostrą, twardą, a nawet wredną — i bikerzy to szanowali, spuszczali przy niej gardę.

Nawet decyzja, by ustanowić zasadę, że klub nie może załatwiać interesów w barze, którą na początku kwestionowała, okazała się posunięciem taktycznym pierwszej wody. — Żaden tajniak by tak nie zrobił — zgodzili się kiedyś w rozmowie, którą przechwycił mikrofon. — Taki agent chciałby mieć ich na oku u siebie.

Oczywiście Brethren nie mieli pojęcia o mikrofonach na parkingu. Potulnie stosowali się do jej reguły, a ATF i tak słuchało każdego słowa, jakie padło na ich „biznesowych spotkaniach".

Problem w tym, że Brethren doskonale wiedzieli, iż kilka różnych federalnych agencji depcze im po piętach, a Bull był paranoikiem. Mówili półsłówkami i szyframi, a informacje zebrane przez ATF nie były na tyle mocne, by ryzykować dekonspirację Liane, podejmując jakiekolwiek działania. Potrzebowali twardych dowodów, a wyglądało na to, że „góra" traci cierpliwość.

Kładąc się do łóżka, Liane dwa razy w złości uderzyła w cienką poduszkę, myśląc, że naprawdę powinna sprawić sobie nową. Trzymała swoje cztery kąty w dość podstawowym standardzie; przydrożny bar nie przynosił kokosalnych zysków, a zbytek nie pasowałby do persony, którą budowała, nawet gdyby miała na to ochotę. Ale nową poduszkę mogła sobie, do cholery, sprawić.

Może ten nowy agent pod przykryciem — gliniarz, poprawiła się, facet jest zastępcą szeryfa, a nie agentem — wreszcie pomoże jej rozbić tę sprawę na dobre i położyć Brethren.

Nawet gdyby przy tym zginął, a ona zdołałaby zwalić to na Brethren, też byłoby dobrze — z tą myślą odpływała w sen. Nie oczekiwała po żadnym kuzynie Jacoba Murphy'ego wiele więcej.

ROZDZIAŁ CZWARTY

Dźwięk deszczu zaczynającego bębnić za oknem sprawił, że Liane zmarszczyła nos i spochmurniała, choć w tym samym czasie nalewała drinki na autopilocie. Deszcz oznaczał, że Bractwo raczej dziś nie wpadnie i nie zostawi paru setek dolarów na jedzenie i piwo.

Na zewnątrz zawarczał gardłowo silnik motocykla, jakby na przekór tej myśli, ale tylko jeden; Liane zmarszczyła brwi, gdy ucichł i zapadła cisza. Jedno z pierwszych, czego nauczyła się przez ostatni rok, odkąd przejęła roadhouse, to że Bractwo nigdy, przenigdy nie jeździ samotnie.

Wysoka sylwetka na moment zasłoniła drzwi, po czym weszła do środka; mężczyzna zdjął kask, przekraczając próg, i wsunął go pod ramię. Miał na sobie czarną skórzaną motocyklową kurtkę i spodnie; kiedy obrócił się, żeby ogarnąć wzrokiem salę, zobaczyła, że na plecach kurtki nie ma żadnych naszywek.

To nie może być kuzyn Jacoba Murphy'ego. Niemożliwe. W ogóle go nie przypomina!

Zaraz za tą myślą pojawiła się następna; *Nawet jeśli jest kuzynem Jacoba, muszę udawać, że pierwszy raz o nim słyszę, i traktować go jak przypadkowego bikera, który właśnie wszedł na teren Bractwa.*

Więc gdy mężczyzna podszedł do baru, rzuciła mu twarde spojrzenie. — Zgubiłeś się, koleś?

— Nie, o ile to jest Redstone Creek Roadhouse, a szyld na zewnątrz jakby mówił, że właśnie tak. — Oparł się o bar i posłał jej luźny uśmiech.

Liane starała się nie zauważać, jaki był przystojny: ostre jak rzeźbione kości policzkowe, niezbyt skutecznie skryte pod gęstym zarostem. Zarost był rudo-blond, pasował do włosów, które wyglądały, jakby jeszcze niedawno były bardzo krótkie, a teraz odrastały w nieładzie. Miał jasnoniebieskie oczy — a przynajmniej jedno. Drugie było dziwnie mętne, a tuż pod nim na policzku ciągnęła się różowawa blizna.

— To nie jest dobre miejsce, żeby się kręcić na Harleyu, jeśli nie masz odpowiednich barw — oznajmiła bez ogródek.

— Doceniam radę. — Zaczepił obcasem stołek barowy i łatwo się na niego wsunął. Postawił kask na blacie. — Poproszę Coorsa?

— Przed chwilą ci powiedziałam — warknęła. — Nie nosisz barw. To nie jest twoje miejsce.

— Dobrze się składa, bo przyszedłem je odebrać, co nie? — Uśmiechnął się do niej ponownie.

Wpatrywała się w niego.

— Co? — przechylił z ciekawością głowę.

— Zamierzasz mi powiedzieć, że chcesz złożyć papiery, żeby dołączyć do Pure Brethren? Bo barw się nie ot tak *od-*

biera. Najpierw muszą cię przyjąć. Przejdziesz okres próbny. Udowodnisz, że jesteś coś wart!

Kuzyn Jacoba Murphy'ego czy nie, był pierdolonym idiotą, jeśli tego nie wiedział, a ona w żadnym razie nie miała zamiaru ujawniać się jako agentka ATF, dopóki on sam nie wpakowałby się w pozycję, z której mógłby przekazać jakieś konkretne, użyteczne informacje.

Jeśli zdoła.

— A co z tym Coorsem — rzucił, a ona trzasnęła butelką o blat.

— Wybrałeś sobie zły dzień, żeby tu wpaść.

— A gdzie tam — odparł flegmatycznie i położył na blacie dziesięciodolarówkę za piwo.

— Pada, tępaku!

— Nie zauważyłem. — Jego uśmiech zrobił się odrobinę szelmowski i Liane pomyślała, że ma zdecydowanie za dużo radochy z wyprowadzania jej z równowagi. Zmroziła go wzrokiem.

— Wypij piwo i spadaj. Nie chcę, żeby poszła fama, że pozwalam snuć się po moim barze bikerom bez barw.

— Nie wpakujesz się przez to w żadne kłopoty. Czy ja słyszę u ciebie południowy akcent?

Wkurzyła się; dlatego wychodził jej akcent. — Nie jesteśmy na Południu — odparła ostro.

— Nie, ale tyle czasu spędziłem w Georgii, że ten akcent brzmi dla mnie teraz prawie jak dom.

— A gdzie w Georgii? — wypaliła Liane bez zastanowienia.

— Fort Benning.

Zawahała się. — Armia?

— Rangers.

To był ostateczny dowód; to musiał być kuzyn Jacoba Murphy'ego, bo nie zliczy, ile razy Jacob przechwalał się kuzynem Rangerem.

— Moja matka jest z Macon — tylko tyle powiedziała, w końcu podnosząc jego pieniądze i idąc do kasy, żeby wydać resztę. — Wychowałam się w Chicago, ale ludzie mówią, że czasem brzmię jak ona.

— Pewnie. Zwłaszcza kiedy się wkurzasz, tak to brzmi. — Uśmiechnął się, a ona trzasnęła resztą o blat ze zmarszczonym czołem.

— Dobra rada, koleś. Jeśli wchodzisz do Bractwa, nie chcesz mnie wkurwiać. Twoja ekipa jada tu regularnie. Nikt nie lubi śliny w jedzeniu — zagroziła.

Ku jej zaskoczeniu roześmiał się. — Cholera, jeszcze bardziej mi się podobasz, kiedy się wściekasz. Jestem Drew. Drew Murphy. — Wyciągnął rękę do uścisku.

Zmierzwiła ją pogardliwym spojrzeniem. Nie podała mu ręki i nie przedstawiła się.

Warkot motocykli na zewnątrz sprawił, że oboje spojrzeli w stronę okna. Drew nie wyglądał na zaniepokojonego; zgadywała, że jakoś skontaktował się z kimś z Bractwa i umówili się tutaj, chociaż z tego, co o nich wiedziała, nie było mowy, żeby Drew został przyjęty z otwartymi ramionami, nawet mając w zanadrzu pokrewieństwo z Jacobem.

— Mam nadzieję, że nie ściemniasz z tym, że cię oczekują. Bo jeśli ściemniasz, to dokończysz interesy na zewnątrz, albo dzwonię po szeryfa i każe zarekwirować ci motor, dopóki nie zrekompensujesz mi ewentualnych szkód — ostrzegła.

— Jesteś w dobrych stosunkach z szeryfem, co? — Uniósł brwi. — Nietypowe. Jak na właścicielkę miejscówki dla bikerów.

— Serwujemy najlepsze barbecue w całym stanie, więc tak. Szeryf i wielu jego zastępców jada tu regularnie, a Bractwo trzyma się na dystans i ma czyste nosy, kiedy są na moim terenie. — Jej ton był groźny. Uprzedzała go, że ma szanować jej zasady.

— Interesujące. — Skinął jej głową, po czym podniósł się, gdy drzwi otworzyły się, wpuszczając Bulla, a tuż za nim Gerry'ego, za nimi zaczęła się wlewać reszta Bractwa.

— Nie chcę tu żadnych kłopotów, Bull — powiedziała Liane, gdy Bull ruszył prosto do Drew. — Załatwcie to na zewnątrz. — Jej ton był znacznie grzeczniejszy i bardziej respektowny niż w rozmowie z Drew, ale wciąż stanowczy.

— Żadnych kłopotów, Liane. To mile widziany gość — odparł Bull, po czym wyciągnął rękę do Drew. — Hej, Drew. Jestem Bull. Jacob bardzo dobrze się o tobie wypowiadał.

— To zaszczyt, szefie. Jacob gadał, jakby słońce świeciło ci z dupy.

Bull ryknął śmiechem, głębokim, toczącym się po brzuchu, i skinął na stół Bractwa. — Chodź do nas. To nasz stół, tam przy oknie; Liane trzyma go dla nas zarezerwowany, prawda?

— Tylko to, co najlepsze, dla moich najlepszych klientów — odparła Liane, ale trzymała chłodny ton. Nie nadskakiwała i Bractwo wiedziało, że nie ma co na to liczyć. — Co pijesz dziś, Bull?

— Masz na stanie Grand Teton Double Vision Doppelbock?

— Jasne, wczoraj była dostawa.

— To runda tego dla wszystkich.

Bull często sięgał po Budweisera, ale najwyraźniej chciał wyglądać na obytego — albo może zamożnego — przy Drew Murphym. Ciekawe. Musiała przyznać, że Murphy to całkiem imponujący egzemplarz; jakieś metr osiemdziesiąt osiem i solidnie umięśniony, a od reszty odróżniał go sposób poruszania się. Jak grzechotnik tuż przed atakiem, pomyślała żartobliwie, wyjmując z chłodziarki butelki i zerkając kątem oka, jak mężczyźni zajmują miejsca przy stoliku przy oknie. Bull usiadł na szczycie stołu, gestem wskazując Murphiemu miejsce po swojej prawej ręce, co ściągnęło na twarz Gerry'ego grymas — zwykle to on tam siedział.

Merrick był zajęty przyjmowaniem zamówień od stołu pełnego kobiet, które urządziły sobie — o ironio — spotkanie klubu książki połączone z lunchem, więc Liane położyła siedem butelek na tacy i zniosła je do stołu Bractwa, najpierw podając Bullowi.

— Sześć butelek Grand Teton, jedna Cola. — Postawiła butelkę z napojem przed Kalebem, bratankiem Bulla, który choć był tak samo wytatuowany i szorstki z wyglądu jak reszta ekipy, nie miał jeszcze dwudziestu jeden lat. Próbował raz, tylko raz, pokazać jej lewe ID. Spojrzała na nie i powiedziała: — Nie będę ryzykować koncesji na alkohol dla ciebie, dzieciaku.

Kaleb przewrócił oczami, ale miał dość rozumu, by nic nie mówić.

Drew rzucił zaciekawione spojrzenie wzdłuż stołu. — Abstynent czy co?

— Jest niepełnoletni — powiedziała Liane — a cokolwiek robicie poza tym miejscem, w moim barze wszyscy jesteśmy praworządnymi obywatelami. Prawda, Bull?

— Zgadza się. — Bull się uśmiechnął, a kiedy odchodziła, powiedział cicho do Drew: — Jest twardą sztuką, ale to miejsce ma najlepsze żarcie w promieniu wielu mil. Traktuj to jak bezpieczną przystań. Jak kościelny azyl.

Liane lekko uśmiechnęła się do siebie. Całkiem spodobała jej się ta analogia. Uśmiech zniknął, gdy usłyszała odpowiedź Drew.

— Twarda sztuka, ale tyłek ma niczego sobie.

To tylko przykrywka, musiała się upomnieć. Drew grał rolę i ona też. Odwróciła się i pogroziła mu palcem.

— Oglądanie wystawy jest za darmo, ale każdy, kto spróbuje dotknąć towaru, skończy ze złamanym palcem.

— Przyjęte do wiadomości, szefowo — odparł Drew z uśmiechem. Bull chichotał, kilku innych też; za to mina Gerry'ego była czarna jak burzowa chmura, zauważyła.

Do Liane dotarło wtedy, że flirt z Drew będzie najprostszym i najbardziej logicznym sposobem, żeby mogli łatwo wymieniać informacje. Jasne, on jeszcze nie wiedział, że to ona jest jego kontaktem z ATF — i nie zamierzała mu tego zdradzić, dopóki i o ile Bractwo go nie przyjmie — ale mogła już zacząć przygotowania. Celowo puściła do niego oko, po czym odwróciła się i wróciła za bar.

Nie mogła oczywiście słuchać na żywo odczytu z mikrofonu przy stole Bractwa i nie chciała też zbyt ostentacyjnie ich obserwować, ale miała ich na oku, kręcąc się przy pracy, przede wszystkim śledząc mowę ciała.

Drew wyglądał na rozluźnionego, nie przejętego faktem, że je i pije z zatwardziałymi przestępcami. Bull był w szerokim humorze, uśmiechał się częściej niż zwykle, śmiał i słuchał uważnie Drew, kiedy ten mówił. Z każdą minutą grymas Gerry'ego mroczniał.

Kaleb był najciekawszy. Bull wiele sobie cenił bratanka, a Kaleb wisiał na ustach Drew, przytakiwał żywo, kiedy ten się odzywał. Zrywał się na równe nogi i przywoływał Merricka, gdy Drew stuknął palcem w laminowane menu na stole i najwyraźniej zadał pytanie o jedzenie.

Merrick był w samym środku roznoszenia talerzy do stołu klubu książki i posłał Liane lekko rozpaczliwe spojrzenie. Skinęła głową, że przejmie, i podeszła z powrotem do stołu Bractwa, wyciągając z tylnej kieszeni jeansów bloczek na zamówienia.

— Jaka jest dzisiejsza specjalność, Liane? — zapytał pogodnie Bull.

— Stek panierowany po południowemu z maślankowymi bułeczkami i sosem gravy — odparła.

— Masz też kucharkę z Południa, dziewczyno z Georgii? — zapytał Drew, a ona zwęziła oczy.

— Mówiłam, że dziewczyną z Georgii była moja matka, nie ja. Ale tak. Ada jest z Alabamy i jeśli lubisz południową kuchnię, to pewnie będziesz płakał w te jej bułeczki, jak skończysz obiad.

— Da się tu na tej mące zrobić porządne bułeczki? — odciął się.

— Nie, dlatego sprowadzamy White Lily z Knoxville! — Wyszczerzyła się do niego, a on odwzajemnił uśmiech i skinął głową.

— Dobra, przekonałaś mnie. Ten panierowany stek brzmi nieźle.

— Dla mnie to samo — szybko powiedział Kaleb, a Bull uniósł palec, dając znak, że on też bierze danie dnia.

— I jeszcze jedna runda piw — poprosił Bull, a ona skinęła głową, szybko zapisując zamówienia pozostałych.

— Chwilka, tylko zanoszę to do kuchni.

Merrick był już wolny, kiedy złożyła zamówienie i przygotowała napoje, więc pozwoliła, by to on zaniósł tacę. Nie należało poświęcać bikerom zbyt wiele osobistej uwagi. Nie pasowało to do jej szorstkiej przykrywki i mogłoby wzbudzić podejrzenia Bulla, gdyby wiecznie nad nimi krążyła.

ROZDZIAŁ PIĄTY

PO RAZ KOLEJNY WZROK Drew sam uciekał do zgrabnego tyłka barmanki, która pochyliła się nad stolikiem po drugiej stronie sali, zbierając brudne szklanki. W myślach zaklął na siebie, oderwał od niej spojrzenie i zmusił się, by skupić na tym, co mówił Bull. Naprawdę nie mógł sobie teraz pozwolić na rozkojarzenie.

A jednak Liane była najbardziej fascynującą kobietą, jaką spotkał od dawna. Wysoka — pewnie miała jakieś metr siedemdziesiąt osiem bez butów — i krzepka, miała wąską, inteligentną twarz, czyste niebieskie oczy i chłopięcą fryzurę pixie, która mogłaby wyglądać słodko, gdyby nie to, że włosy były farbowane na fiolet z czarnymi końcówkami. W opinających, niebieskich dżinsach, ciężkich glanach Doc Martens i czarnej flanelowej koszuli narzuconej na biały T-shirt była uosobieniem twardej dziewczyny — zadziornej, o ostrych krawędziach.

...I miękkie krągłości...

Chryste, znowu się na nią gapię.

Co gorsza, właśnie go na tym przyłapała, kiedy się odwróciła. Uniosła brew, uśmiechnęła się i posłała mu kolejne bezczelne oczko.

— Nie nauczyli cię Rangersi instynktu samozachowawczego, chłopcze? — zagadnął Bull, najwyraźniej śledząc wzrok Drew. — Pożre cię i wypluje.

— Może warto. — Zaśmiał się, starając się zabrzmieć autoironicznie. — Chyba za długo siedziałem na pustyni podczas ostatniej tury.

— Kiedy mówiłeś, że wróciłeś?

— Jakieś dwa tygodnie po tym, jak Jacob zginął. To akurat było szczęśliwym zbiegiem okoliczności, choć Bull nie mógł o tym wiedzieć. — Cholernie żałowałem, że nie było mnie na jego pożegnaniu. Mam nadzieję, że odprowadziliście go jak należy.

— Odprowadziliśmy. — Wyraz twarzy Bulla trudno było odczytać zza gęstej brody, ale Drewowi wydawało się, że to żal. — Rozsypaliśmy jego prochy w ulubionym miejscu na ryby, tak jak chciał.

— Zawsze kochał łowić — przytaknął Drew. Chyba to pamiętał o kuzynie najlepiej: Jacob bez końca uciekał od drobnych prac, które zlecała im babcia, żeby iść na ryby.

Skończyli jeść, a Bull odchylił się na krześle, wbijając w Drew ostre spojrzenie. — Miło było poznać kuzyna Jacoba, ale mam wrażenie, że nie dzwoniłeś i nie umawiałeś się tu ze mną tylko po to, żeby o nim powspominać. Przejdźmy do rzeczy.

— Nie możemy tu gadać o interesach, Bull — wtrącił Kaleb. — Zasady Liane.

— Inny rodzaj interesów, gówniarzu. Zamknij jadaczkę — Gerry szturchnął chłopaka i warknął.

Drew kątem oka odnotował rumieniec Kaleba i to, jak Bull zmarszczył brwi na Gerry'ego. Wewnętrzna dynamika w gangu była czymś, na co musiał być wyczulony; żałował, że agent ATF, który wcześniej pracował pod przykrywką, nie zostawił więcej informacji na ten temat. Może jego nowy kontakt zdoła go wprowadzić w szczegóły, gdy się odezwie.

— Odziedziczyłem chatę Jacoba — odparł na pytanie Bulla — i jego motocykl. Nie mam teraz, po wyjściu z wojska, żadnego konkretnego miejsca do życia. Pomyślałem, że to równie dobre miejsce do osiedlenia co każde inne. Dostałem przyzwoitą odprawę, ale wkrótce będę musiał szukać pracy, a skoro jeżdżę motocyklem Jacoba... cóż, uznałem, że wypada dać ci znać, że jestem na miejscu i będę na jego maszynie.

— Skąd masz mój numer? — dopytał Bull. — To nie jest coś, co Jacob rozdawał. Nawet rodzinie.

— Nie wątpię, ale wszystkie jego stare rachunki telefoniczne były w pudle z papierami. Po prostu wykręciłem numer, pod który dzwonił najczęściej, i odebrałeś ty. Nietrudno było się domyślić, że to twój, tyle o tobie gadał.

Bull kiwnął głową, przyjmując tę historię. I słusznie, bo była absolutną prawdą. Przez długie chwile milcząco przyglądał się Drew. Drew czekał, zachowując gładki, niewzruszony wyraz twarzy.

Cierpliwość była jedną z jego największych zalet. Już nie liczył godzin i dni, jakie spędził w skrajnie niewygodnych pozycjach, czekając na okazję, żeby oddać strzał.

Nikt nie przeczeka snajpera.

Na pewno nie jakiś podrzędny biker z wiejskiego Idaho.

— Jakiej pracy zamierzasz szukać? — zapytał w końcu Bull.

— Takiej, w której nie będzie miało znaczenia, że na to oko prawie nic nie widzę. — Od czasu urazu Drew wyrobił sobie coś na kształt nerwowego tiki: gładził bliznowiec pod prawym okiem. Już nie bolało, ale skóra była jakoś nie w porządku — nie tylko lekki grzbiet blizny pod wrażliwym opuszkiem, lecz także sposób, w jaki mózg rejestrował dotyk.

— Umiesz obsługiwać ciężkie maszyny? — zapytał Bull.

Zastanawiając się, do czego biker zmierza tą serią pytań, Drew pokręcił głową. — Nie mogę powiedzieć, żebym kiedykolwiek prowadził coś cięższego niż pickup.

— To będzie ci trudno coś znaleźć. Większość roboty w okolicy jest przy wyrębie albo w rolnictwie. Coś może się trafić w Sandpoint.

— Hm. — Drew skrzyżował ramiona, zmarszczył brwi. — Gdybym chciał dojeżdżać, mógłbym zostać w Georgii. Praca w mieście też mnie nie kręci. Robota za biurkiem na pewno mi nie podpasuje.

— Rozumiem. — Bull stuknął w niego butelką piwa, a małe, paciorkowate oczy bacznie go obserwowały. — Może mógłbym zaproponować ci alternatywę, jeśli byś był zainteresowany.

— Zamieniam się w słuch.

— The Brethren robią tu na miejscu trochę interesów jako grupa. Zawsze przyda się kolejny solidny facet.

— Zapraszasz mnie do klubu? — Drew uniósł brwi, zaskoczony.

— Nie możesz ot tak zaproponować mu pełnego członkostwa, Bull — burknął Gerry. — Jest okres próbny. Nikomu go nie odpuszczamy. Cholera, nawet Kalebowi nie darowaliśmy!

— Drew przeszedł szkolenie u Rangersów. Nie sądzisz, żeby cokolwiek, co mu rzucimy na okresie próbnym, zbytnio go ruszyło, co? — uśmiechnął się krzywo Bull.

— Na pewno, do cholery, nie będę znosił żadnej fali, więc jeśli macie takie plany, zapomnijcie — uciął Drew, spotykając się z ponurą miną Gerry'ego twardym spojrzeniem.

— Nic takiego — powiedział Bull aż nazbyt prędko, więc Drew wiedział, że fala rzeczywiście bywa zwyczajową częścią okresu próbnego u The Brethren. — To tylko... zdobywanie naszego zaufania.

— Rozumiem. — Drew skinął głową, bardzo się starając wyglądać swobodnie. — Jacob oczywiście poręczyłby za mnie, ale nie ma go już z nami.

— Bull — powiedział Gerry nagle —, możemy pogadać na zewnątrz?

Bull westchnął, ale skinął głową, odsunął krzesło i poszedł za swoim sierżantem broni na zewnątrz. Drew rozluźnił się na krześle, skrzyżował kostki, starając się emanować spokojem. Znów przyłapał się na tym, że patrzy na Liane, i gwałtownie odwrócił wzrok.

— Byłem prospektem Jacoba — powiedział cicho głos obok, i zaskoczony, obejrzał się, spotykając wzrok Kaleba. Bull zdążył przedstawić ich sobie pokrótce, a Drew zauważył, że najmłodszy członek The Brethren jest bratankiem Bulla.

— Był dla ciebie w porządku? — tylko to przyszło Drew do głowy.

— Był. Wymagający, ale sprawiedliwy.

Drew w duchu uznał, że wcale nie brzmi to jak jego kuzyn. Najmocniej pamiętał ich wspólne letnie pobyty na farmie dziadków; Jacob, starszy o dwa lata, był istnym tyranem. Przynajmniej dopóki Drew nie urósł i nie zmężniał na tyle, żeby oddać.

— Jak Bull powie, że możesz dołączyć — odezwał się Kaleb —, poproszę, żebyś był moim prospektem.

Drew chwilę układał odpowiedź. Był od Kaleba starszy co najmniej o dekadę i wydało mu się to nieco niedorzeczne — praktycznie terminować u gówniarza, który ledwo wyglądał na tyle, żeby się golić.

Z drugiej strony... Kaleb pewnie miał wgląd w wiele tajemnic The Brethren. Bull mógł przy nim bardziej spuszczać gardę, palnąć coś, czego normalnie by nie powiedział, bo Kaleb to rodzina.

— Będziesz mnie pilnował, tak jak Jacob pilnował ciebie? — zapytał w końcu Drew.

— Coś w tym stylu. — Kaleb opuścił lekko brodę, odrobinę speszony.

— Byłbym zaszczycony — powiedział Drew i patrzył, jak rumieniec rozlewa się po twarzy Kaleba.

Chłopak wyprostował się nieco.

— Gerry ma do mnie jakiś problem i chcę wiedzieć, czemu — Drew ściszył głos, kierując go tylko do Kaleba. — Mieli z Jacobem kosę?

— Nie, to dlatego, że byłeś w wojsku — odparł Kaleb bez wahania.

Zdezorientowany, Drew zamrugał. — Co?

— Gerry był dwa lata, ale go wywalili. Nie mówi dlaczego. — Kaleb też mówił cicho. — Jest suwerennym obywatelem. Wiesz, co to?

— Wiem. A reszta z was też jest suwerennymi obywatelami? — zapytał Drew.

— Nie, chociaż Gerry wciąż próbuje nas do tego namówić. Bull mówi, że to bzdury. Gerry wierzy w każdą cholerną teorię spiskową, jaką usłyszy; po czasie robi się to męczące. — Kaleb przewrócił oczami.

Drew stłumił śmiech, po chwili się rozmyślił i parsknął cicho. — No dobra. Zgadnę: Gerry uważa, że wojsko to narzędzie jaszczurzych władców?

Kaleb zakrztusił się łykiem coli, po czym wybuchnął śmiechem. — Mniej więcej — zachichotał, ale spoważniał, gdy Bull i Gerry wrócili do stołu.

Gerry wyglądał na naburmuszonego, zaciśnięte pięści zwisały mu po bokach. Wsunął krzesło pod stół i został stojąc, opierając się o jego oparcie.

Bull go przegłosował — pomyślał Drew. Najwyraźniej u The Brethren nie obowiązywała zasada czarnej kuli... choć Drew podejrzewał, że nie dotyczyło to Bulla. Gdyby to prezydent nie chciał go w klubie, nie miałby żadnych szans.

Ale Bull uśmiechał się do niego.

— Mamy porozumienie? — Drew patrzył tylko na Bulla, ignorując Gerry'ego. Fakt, że prezydent klubu i sierżant broni nie zgadzali się we wszystkim, mógł okazać się czymś, co da się wykorzystać, szczeliną, w którą warto włożyć klin, ale musiał wybrać stronę, a Bull był oczywistym wyborem.

— W porządku. Możesz dołączyć jako kandydat, prospekt. Któryś z pełnoprawnych członków cię przejmi e...

— Ja chcę go wziąć jako swojego prospekta — rzucił szybko Kaleb.

Gerry parsknął śmiechem. — Ty?

Bull obrócił się i zmierzył Gerry'ego twardym spojrzeniem. — Sugerujesz, że mój siostrzeniec nie jest tak samo kompetentny jak każdy inny pełnoprawny członek?

Dalsi mężczyźni przy stole też się skrzywili, zauważył Drew kątem dobrego oka. Kaleb był najwyraźniej lubiany wśród członków The Brethren; Gerry — mniej.

— Nie to miałem na myśli, Bull — pospiesznie wyjaśnił Gerry.

— Lepiej, żeby nie.

Słowa padły cicho, ale z taką groźbą w tonie, że Drew musiał powstrzymać dreszcz. To była dobra przypominajka: mimo całej pozornej serdeczności Bull i jego ekipa zostawiali za sobą ślad trupów, a jeśli choć przez moment podejrzeliby, że Drew nie jest tym, za kogo się podaje, mógłby szybko dołączyć do ich ofiar.

— Ktoś jeszcze chce się zgłosić? — zapytał Bull po dłuższej chwili martwej ciszy, odrywając wzrok od Gerry'ego i przesuwając nim wzdłuż stołu. Po kolei wszyscy mężczyźni pokręcili głowami.

— Kaleb da sobie radę — odezwał się chudy rudzielec z niechlujną brodą na końcu stołu. Na jego barwach widniał napis *Secretary*, zauważył teraz Drew, i postanowił nauczyć się imienia rudego. — Wie, czego się wymaga.

— Kto jest za tym, żeby Kaleb wziął Drew jako swojego prospekta? — zapytał Bull. Każdy mężczyzna podniósł rękę, łącznie z Gerrym, choć powoli i wyraźnie niechętnie. — Ustalone. Załatw mu barwy i zrób mu obchód, Kaleb. Musi się nauczyć, gdzie kto mieszka. A, i ureguluj rachunek!

ROZDZIAŁ SZÓSTY

WSZYSCY JUŻ STALI, EWIDENTNIE szykowali się do wyjścia, więc Drew też się podniósł, nagle zastanawiając się, czy rozkaz Bulla, żeby uregulować rachunek, był skierowany do niego. Zajazd nie był z tych drogich, ale każdy z nich wypił po trzy piwa i zjadł porządny obiad, pomnożone przez siedmiu facetów; rachunek miał wynieść co najmniej parę stówek. Kaleb jednak wyciągnął z przedniej kieszeni dżinsów gruby rulon banknotów i już odliczał kilka, idąc w stronę baru.

— Razem? — zapytała Liane, gdy Kaleb zatrzymał się przed nią, — czy on płaci za siebie? — Skinęła głową w stronę Drewa.

— Jest już jednym z nas — powiedział Kaleb. — Jedziemy załatwić mu kamizelkę.

Skinęła głową, najwyraźniej bez większego zainteresowania. — Dwieście osiem z groszami.

Kaleb położył na barze plik banknotów. — Reszty nie trzeba.

Skinęła, lekki uśmiech musnął jej usta, gdy zgarnęła pieniądze z blatu. Kaleb położył dwieście pięćdziesiąt dolarów, pomyślał Drew, i co więcej, zauważył, że większość chłopaków z gangu zostawiała piątki i dziesiątki pod talerzami, żeby kelnerki zabrały je przy sprzątaniu. Zajazd nieźle się obławiał na Brethren; może więc było trochę zaskakujące, że Liane nie była bardziej przychylna.

Zastanawiał się też, skąd ten cały szmal. Jeszcze za wcześnie, żeby zadawać tego typu pytania, więc tylko uprzejmie uśmiechnął się do Liane i powiedział:

— Miała Pani rację co do tych bułeczek, proszę pani. Tak dobrych bułeczek nie jadłem od czasu, jak wyjechałem z Georgii.

Ten sam mały uśmiech znów dotknął jej warg. — Powiem Avie, że Panu smakowały — odparła z lekkim skinięciem głową, po czym odwróciła się, najwyraźniej kończąc rozmowę.

— Chodź — szturchnął go w ramię Kaleb i Drew zorientował się, że po prostu stał i patrzył, jak Liane odchodzi.

Kaleb chichotał pod nosem. — Niezła chrapka cię na nią wzięła, co?

— Co mam powiedzieć, lubię pewne siebie kobiety — rzucił Drew z wzruszeniem ramion, próbując obrócić to w żart. — Jest przepiękna.

— Trochę za stara jak na mój gust — odparł Kaleb z szerokim uśmiechem. — Ale będziesz musiał odpędzić Gerry'ego. Próbował podbijać do Liane, odkąd jej mąż zwiał z ich byłą kelnerką. A właściwie to chyba jeszcze wcześniej.

— Skoro przez cały ten czas nie zrobił postępów, to raczej marna z niego konkurencja — zauważył Drew, kiedy obaj wyszli z zajazdu. Deszcz ustał, wszystko było śliskie i lśniące, a powietrze ciężkie od zapachu sosen rosnących za budynkiem. — I tak mnie wyraźnie nie lubi.

— On mało kogo lubi. Ale uważaj — mruknął Kaleb i nie dodając nic więcej, ruszył do miejsca, gdzie stały motocykle; zostały już tylko ich dwa.

— Gdzie najpierw? — zapytał Drew, zakładając kask.

— Do Casha. Po twoją kamizelkę.

— Casha?

— Sekretarz. Rudy gość, na końcu stołu?

— A, no tak — przytaknął Drew. — No to... — Kopnął w starter i uśmiechnął się, gdy silnik Harleya zaryczał gardłowo. — Prowadź!

Cash mieszkał w samym miasteczku, w zadbanym domu z dobudowanym garażem. Jego motor nigdzie nie był widoczny i gdy Drew wraz z Kalebem zaparkowali na podjeździe, pomyślał, że z zewnątrz nic nie wskazuje, by dom należał do członka motocyklowego gangu.

— Hej, Cash — Kaleb zastukał kostkami w drzwi.

— Otwarte! — wrzasnął z wnętrza domu jakiś głos i Kaleb otworzył, żeby ich wpuścić.

Przeszli do zaskakująco ładnego salonu. Drew podejrzewał, że Cash jest żonaty albo przynajmniej mieszka z kobietą; wnętrze było zbyt dopieszczone jak na kawalerkę, z kolorowymi poduszkami na fotelach i ręcznie szytą narzutą starannie złożoną na oparciu kanapy.

— Hej — powiedział Cash, siedząc na kanapie bez butów, ze stopami opartymi o ławę. — Na stoliku leżą dwie kamizelki. — Wskazał na stolik boczny. — Przymierz, zobaczymy, jak leży.

Pierwsza skórzana kamizelka była na kogoś o szerszych barkach niż Drew: niewygodnie się na nim przesuwała.

Druga leżała lepiej, więc skinął głową, muskając palcami naszywkę *Prospect* na piersi. — Ta. Dzięki.

— Telefon — Cash zrobił do niego przywołujący gest palcami.

— Że co?

— Oddaj. Mi. Swój. Telefon.

Niechętnie Drew wyjął go z kieszeni i podał. Nic kompromitującego na nim nie miał — a i tak nie odblokują bez jego odcisku palca — ale wcale mu się nie uśmiechało tak po prostu go oddawać.

— Dopóki jesteś prospectem klubu, używasz tego. Wiem, że u Jacoba w chacie nie ma stacjonarnego. Nie będziesz wykonywał żadnych połączeń, o których nie wiemy. Wszystkie nasze aktualne numery masz już zapisane. — Cash wziął telefon Drewa, wsunął go do szuflady w ławie i podał mu z powrotem starszy model telefonu z klapką.

— On w ogóle ma internet? — burknął Drew, otwierając klapkę i krzywiąc się na widok maleńkiego ekranu.

— A po co ci to? Do biblioteki możesz iść, jak chcesz sprawdzić maila. Kaleb powie ci wszystko, co trzeba. A teraz spadajcie, zanim moja kobieta wróci. Nie lubi widzieć motorów na podjeździe.

— Pantoflarz z ciebie, Cash — droczył się Kaleb, a ku zdziwieniu Drewa rudzielec uśmiechnął się krzywo.

— Przyjdzie dzień, małolat, że trafisz na właściwą babkę i nie będzie ci przeszkadzało, że trochę będziesz pod pantoflem.

Wyglądało na to, że klub traktuje Kaleba trochę jak maskotkę, pomyślał Drew, mimo że był pełnoprawnym członkiem. Dzieciak wydawał się całkiem w porządku —

myśl, którą zweryfikował, kiedy wyszli od Casha i Kaleb powiedział, że muszą podskoczyć pod liceum.

— Po co? — spojrzał na niego zdziwiony Drew.

— Muszę zgarnąć moją dziewczynę.

Mam nadzieję, że to nie zmierza tam, gdzie myślę. — Jest nauczycielką?

— Nie, jest w drugiej klasie liceum.

— Jezu, chcesz trafić do więzienia? Przecież jest nieletnia!

— Nic nie robimy — Kaleb przewrócił oczami. — Mówi, że też jestem dla niej za stary. Udaje, że jest moją dziewczyną, bo to dobra przykrywka, a jej rodzice mają to gdzieś.

— Przykrywka? — Drew kompletnie się pogubił. — Do czego?

— Jest naszym dilerem w szkole, stary. Przerzuca sporo towaru.

O. Czyli nie sypia z nieletnią. Tylko wykorzystuje ją, żeby handlowała prochami dzieciakom.

To była zimna, twarda przypominajka, że choć niektórzy z Brethren mogli się wydawać sympatyczni, nawet lubiani, jak Kaleb, to wciąż byli przestępcami z socjopatycznym brakiem względu dla każdego, kto nie mieścił się w kręgu ich uwagi.

Federalni z pewnością już wiedzieli, że dziewczyna Kaleba jest szkolnym dilerem — trudno było przeoczyć fakt, że Kaleb podjeżdżał po nią ryczącym motocyklem — ale Drew i tak odnotował to sobie w głowie jako skrawek informacji do przekazania, kiedy tylko skontaktuje się tajny agent ATF. Innej drogi bez wiedzy Brethren i tak nie miał, poza zjechaniem do Woodvale i pójściem do biura szeryfa, żeby znaleźć Jasona Huntera. A to ostateczność, bo kto wie, kto mógłby to zobaczyć i zameldować Brethren.

Kalebowa „dziewczyna" była ładną blondynką — dosłownie cheerleaderką, w niebiesko-białym stroju. Wskoczyła na tył motocykla Kaleba, pomachała koleżankom i znów odjechali z rykiem.

Odwieziono dziewczynę do domu, skąd podskakując wpadła do środka, nawet nie odwracając głowy. Drew widział, jak po drodze doszło do wymiany: dziewczyna wsunęła plik banknotów do kieszeni dżinsów Kaleba, a w zamian wyjęła małą paczkę, którą wcisnęła do stanika.

Znowu zaczęło mocniej padać, więc Kaleb zaproponował, żeby wpadli do niego na chwilę.

— Masz własne mieszkanie? — zapytał Drew z ciekawością.

— Jasne. Nie jest duże, ale jest całe moje.

Zatrzymali się przy stacji benzynowej, żeby zatankować motocykle. Kaleb wskazał przylegający warsztat, zaznaczając, że pracuje tam świetny mechanik motocyklowy, jeśli Drew będzie potrzebował czegoś, czego sam nie czuje się na siłach zrobić przy swoim sprzęcie.

— Chociaż potem będziemy musieli ci motor sprawdzić — dodał Kaleb. — Na wypadek nadajników albo pluskiew, które mógł założyć. Jeszcze go na niczym nie złapaliśmy, ale Bull uważa, że może być tajniakiem, podstawionym, żeby mieć nas na oku. Sprowadził się tu dopiero kilka miesięcy temu.

Drew już miał powiedzieć, że nie sądzi, by jego motor potrzebował jakiejkolwiek roboty, z którą by sobie nie poradził, ale po słowach Kaleba zmienił zdanie. Jeśli mechanik faktycznie był tajniakiem z ATF, Drew musiał dać mu okazję do kontaktu — i ostrzec go, że Brethren coś podejrzewają.

— Na razie jest w porządku — powiedział — ale niedługo będzie chciała nowe opony. To mu zlecę przynajmniej.

— Mamy u nich dobrą cenę na opony — przytaknął Kaleb. — No, chodź. Po drodze zahaczymy o dom Bulla.

Dom Bulla był z zewnątrz równie niepozorny co Casha; większy i nieco nowszy, ale nie tak nieskazitelnie czysty. Na podjeździe stał nowy czarny F150 z masywnymi bliźniakami na tyle.

— Bull jest żonaty? — zapytał Drew, kiedy zsiadali z motocykli przed domem Kaleba, małym, nieco zaniedbanym ceglanym bungalowem.

— Nie — uciął krótko Kaleb. — Był. Zniknęła parę lat temu. Myślał, że go zostawiła. Okazało się, że Manhunters ją zamordowali. Znaleźli jej szczątki w tym dole z kośćmi.

— Niemożliwe! Straszne dla Bulla. Niezła heca, co? Seryjni mordercy tuż pod nosem. Znałeś któregoś z tych gości? — Chęć pogadania na ten temat była naturalna, pomyślał Drew; głupio byłoby nie okazać zainteresowania. Sam jednak poczuł chłód, wiedząc, że w tym dole z kośćmi znaleziono też ciało agentki FBI, która działała pod przykrywką wśród Brethren. *Czy Bull wydał ekipie Philipa Huntera nie tylko własną żonę, ale i agentkę? Czy Kaleb o tym wiedział?*

— Taa — przyznał szorstko Kaleb. — Były szeryf, McCarthy. Dzięki niemu Manhunters tak długo uchodzili na sucho. Zacierał im ślady, rozumiesz.

— Obrzydliwe — pokręcił głową Drew.

— Nie pomyślałbym, że tak na to spojrzysz — rzucił Kaleb, gdy wchodzili do domu.

— Czemu?

— Byłeś snajperem, stary. Pewnie zabiłeś więcej ludzi niż cała ekipa Manhunters.

— Może i tak — nie prowadziłem rachunku — ale to byli przeciwnicy w walce — odparł Drew. — Głównie talibowie. Kilku somalijskich watażków. Szumowiny, ludzie z krwią na rękach. Manhunters zabijali staruszków, kobiety, dzieci. Niewinnych. To zupełnie co innego.

— Jak uważasz — Kaleb wzruszył ramionami, prowadząc do małej kuchni i otwierając drzwi spiżarki. — Chcesz chipsy? — Wyciągnął duże opakowanie. — Jestem głodny.

— Już? Przecież obiad był całkiem niedawno. — Drew pokręcił głową, gdy Kaleb wepchnął mu paczkę pod nos. — Dziękuję, ja pasuję.

— Ja jeszcze rosnę — wyszczerzył się Kaleb i wsypał sobie do ust garść chipsów. — Chodź. Usiądziemy. Zobaczymy, co leci w TV.

Siedzenie i oglądanie telewizji nie wydawało się zbyt efektywną robotą jak na agenta pod przykrywką, ale Drew uznał, że właściwie robi to, co trzeba — musiał sprawić, by Kaleb czuł się przy nim swobodnie i bezpiecznie, a to przyjdzie łatwiej, im bardziej Kaleb uzna, że mają ze sobą coś wspólnego. Wzdychając w duchu, rozsiadł się na kanapie Kaleba i oparł stopy na ławie, naśladując młodszego. — Masz kablówkę? Chatka Jacoba jest za daleko od miasteczka. Brakuje mi ESPN.

— Jasne — Kaleb rzucił mu pilot. — Śmiało. I mam wolny pokój, jakby ci się nie chciało wracać. Łóżko jest do twojej dyspozycji, kiedy chcesz.

— Dzięki, doceniam — odparł Drew. Postanowił, że od czasu do czasu skorzysta z propozycji Kaleba. To budowało zaufanie, a potrzebował, żeby Kaleb uwierzył, że działa ono w obie strony.

Chociaż Drew wiedział, że żadnemu z Brethren nie mógł zaufać ani przez moment.

ROZDZIAŁ SIÓDMY

LIANE WZIĘŁA GŁĘBOKI ODDECH, gdy na żwirze przed przydrożnym barem zawarczały motocykle. Minęły dwa tygodnie, odkąd Drew Murphy pierwszy raz wszedł, by spotkać się z Brethren. Od tamtej pory bywał tu z nimi kilkakrotnie, najwyraźniej czuł się w ich towarzystwie jak ryba w wodzie, a jej przełożeni z ATF w końcu stracili cierpliwość i kazali jej nawiązać z nim kontakt, ujawnić się i odebrać wszelkie informacje, jakie mógł dotąd zebrać.

Miał z pewnością sporo okazji, żeby wyłapać coś pożytecznego, pomyślała Liane, patrząc, jak bikerzy wchodzą z buńczucznym krokiem. Wydawało się, że spędza każdą chwilę u boku Kaleba. Brethren jadali w barze przynajmniej cztery czy pięć dni w tygodniu, a Drew zawsze z nimi, cicho słuchając i załatwiając drobne sprawunki jak porządny, pracowity prospect.

To Drew podszedł teraz do baru, rzucając swoje zwyczajowe, zalotne spojrzenie, gdy zamawiał rundę piw.

— I soda dla Kaleba — powiedziała Liane.

— Zapamiętałaś, kiedy ma urodziny? Już niedługo.

— Za trzy miesiące, a do tego czasu nie pije alkoholu w moim barze. — Zawahała się, patrząc na niego. Zbierała się w sobie. To był moment, tylko jak to ugryźć?

Flirtowanie z nim — nawet udawanie, że zaczynają związek — byłoby dla nich świetną przykrywką. Oparła się o blat, spojrzała mu w oczy i wzięła kolejny głęboki oddech, zanim powiedziała: — Podoba mi się ta bandana, którą nosisz. Ale *myślę, że zieleń bardziej do ciebie pasuje.*

Wyglądało na to, że Drew potrzebował kilku sekund, by zarejestrować, że wypowiedziała hasło, którego miał oczekiwać od swojego kontaktu z ATF. A potem rozszerzyły mu się oczy i wlepił w nią wzrok, rozchylając usta z wyraźnym szokiem.

Liane uniosła do niego brew.

— Eee — mruknął, najwyraźniej potrzebując chwili, by na nowo poukładać sobie świat w głowie. — Ja... ja sam wolę niebieski.

Pochyliła się bliżej. — Flirtuj ze mną — powiedziała miękko. Nikt akurat nie stał na tyle blisko, by ich usłyszeć, a uśmiech na jej twarzy dla każdego obserwatora wyglądałby na kokieteryjny. — To dobra przykrywka. Da nam pretekst, żeby spędzać ze sobą czas.

— Racja. — Nadal sprawiał wrażenie nieco oszołomionego; Liane musiała się zastanowić, kogo on się spodziewał jako kontaktu, bo bardziej oczywiste być nie mogło, że nie podejrzewał jej nawet przez chwilę. — Chyba musimy pogadać.

— Postawisz mi drinka? — podniosła głos, po czym roześmiała się głośno. — Ja tu jestem właścicielką. Wymyśl lepszy tekst, cwaniaczku.

— Próbowi chłopu nie zabronisz. — Oparł się o bar i uśmiechnął do niej, ukazując nagle nieoczekiwany dołeczek w policzku. — Drink to tylko wymówka. Chcę cię poznać. Ty wybierz czas i miejsce.

Udała, że się zastanawia. — Bądź tu o piątej, jak przyjdzie mój zmiennik. Pogadamy... jeśli znajdę chwilę.

— Jasne. — Puścił jej oko. — Mam przynieść kwiaty?

— Wolę czekoladę.

— Zanotowane. — Zgarnął z baru tacę z drinkami i ruszył do stolika Brethren bez choćby jednego spojrzenia przez ramię. Zastanawiała się, co im powie — musiał przecież wymyślić, dlaczego wróci tu bez nich — i nie musiała długo czekać na konsekwencje. Gerry wparował do baru niczym burza, odpychając dwóch młodych budowlańców, którzy cierpliwie czekali na swoje drinki. Jeden z nich już otwierał usta do pyskówki; jego kumpel, najwyraźniej mądrzejszy albo przynajmniej obdarzony większym instynktem samozachowawczym, szybko go odciągnął.

— Nigdy byś mi nie dała cienia szansy, a temu cipie Murphy'emu dajesz? — warknął Gerry, waląc dłońmi w blat.

Liane spojrzała mu prosto w oczy, zdecydowana nie ustąpić. — Mówiłam ci już tyle razy, Gerry. Nie jesteś w moim typie.

— To niby co to ma znaczyć?

— Za dużo pijesz, za dużo kląć lubisz, rozbierasz wzrokiem każdą kobietę, która koło ciebie przechodzi, a według więcej niż jednej twojej byłej masz w sobie żyłkę okrucieństwa. Bardzo podobnie jak mój były mąż, tak w ogóle. Nie mam zamiaru powtarzać najgorszych błędów. — Liane skinęła głową w stronę Drew, który roznosił piwa przy stoliku Brethren. — On jest uprzejmy. Jasne, gapi się na mój tyłek non stop — ale zasadniczo tylko na *mój* tyłek. Nie łazi tu, gapiąc się na każdą, która pcha mu cycki w twarz. — Co było zastanawiające, pomyślała nagle, skoro przecież nie miał pojęcia, że jest jej kontaktem z ATF. Może faktycznie mu się podobała.

Gerry prychnął, pofukał, a potem po twarzy wypełzł mu wredny uśmieszek. — Murphy to prospect. Musi mieć pozwolenie, żeby zacząć z kimś chodzić.

— Po pierwsze: kto mówił o związku? Pogadamy. A po drugie: wyglądasz teraz na zazdrosnego i żałosnego. Znajdź sobie kobietę, która jest tobą zainteresowana, i odpieprz się od mojego życia. — Odpłaciła mu spojrzeniem za spojrzenie i, ku swojemu drobnemu zaskoczeniu, to Gerry pierwszy odwrócił wzrok, prychnąwszy z obrzydzeniem. Pomaszerował do łazienki, zostawiając Liane z lekkim drżeniem po tej konfrontacji, choć nie dała tego po sobie poznać. Zamiast tego spojrzała na stolik Brethren i nie spuściła wzroku, dopóki Bull przypadkiem na nią nie zerknął. Zmroziła go spojrzeniem.

Bull westchnął ostentacyjnie, ale wstał i podszedł do baru, opierając się o blat. — Jakiś problem, Liane?

— Proszę trzymać mnie z daleka od waszych gównianych spraw — powiedziała bez wstępów. — Lubię Murphy'ego i on wygląda na zainteresowanego, ale nie chcę się wplątać w interesy Brethren. Gerry powiedział, że skoro Murphy jest prospectem, to musi mieć pozwolenie, żeby się ze mną umawiać?

— Nie chcemy, żeby się rozpraszał od spraw klubowych... i musimy sprawdzić każdego, z kim się wiąże. Upewnić się, że nie stanowi dla nas zagrożenia.

Liane zmierzyła go twardym spojrzeniem.

— Oczywiście panią już sprawdziliśmy, więc to nie byłby problem — rzucił Bull z obojętnym wzruszeniem ramion.

— No cóż. — Przetarła wilgotną ściereczką blat. — Nie wyobrażam sobie, żeby odznaczony snajper z Rangersów był typem, który łatwo się rozprasza.

— Ja też nie, ale jeśli będziemy mu kazali z panią zerwać, proszę wiedzieć: to nic osobistego, Liane.

— Dla Gerry'ego to osobiste. — Uderzyła w sedno. — Nie umie przyjąć ode mnie „nie" i będzie próbował mi to utrudniać. Proszę dopilnować, żeby trzymał się ode mnie z daleka... i żeby nie nękał też Drew.

Bull posłał jej ostre spojrzenie. — Proszę nie mylić naszej teraz przyjaznej, roboczej relacji, Liane. Nie wydaje pani rozkazów. Swoimi ludźmi zajmę się po swojemu.

Ach. Pierwszy raz, odkąd naprawdę ją przytemperował. Opuściła ulegle głowę. — Nie chciałam okazywać braku szacunku, Bull. Po prostu nie lubię, jak ktoś pcha mi się w prywatne sprawy. Albo w mój *barowy* biznes, jeśli już o to chodzi.

— Wiem. I nie wtrącaliśmy się pani w prowadzenie tego miejsca, bo, szczerze, radzi sobie pani z tym dobrze. Ale jak się pani prywatnie z którymś z nas zwiąże, neutralna pani nie zostanie. To nie Szwajcaria.

Liane w duchu uznała, że jak na bikera to całkiem złożona myśl, ale skinęła głową. — Chcę tylko sprawdzić, czy warto poświęcić mu czas. Może nic z tego nie będzie.

— W porządku. — Bull skinął, przypatrując się jej uważnie. — Dwa tygodnie. Jeśli po tym czasie będzie pani chciała coś z Murphy'm kontynuować, pogadamy. A ja w międzyczasie zdejmę Gerry'ego z pani karku.

— A Drew będzie miał spokój? — zapytała Liane z nadzieją.

— Sprawy Brethren. — Bull pogroził jej palcem.

Westchnęła i miała nadzieję, że Gerry zbytnio nie uprzykrzy Drew życia. — Zrozumiano. Ale jeśli zacznie mi tu podskakiwać, jestem w pełni gotowa dać mu zakaz wstępu do baru.

— Jestem pewien, że nie zajdzie taka potrzeba.

Niechętnie Liane skinęła głową. — Jest pan w porządku, Bull. Myślałam, że, biorąc pod uwagę, kim pan jest, spróbuje mnie pan przestawić, ale...

— Nigdy nie było takiej potrzeby. Pani mi nie wchodzi w drogę.

I jednym płaskim, pozbawionym emocji spojrzeniem bardzo jasno dał do zrozumienia, że gdyby weszła mu w drogę, rozjechałby ją jak walec i nawet się nie obejrzał. Ale wiedziała o tym od pierwszej chwili, gdy przyjechała do miasteczka. Wiedziała, że jej życie wisi na cienkiej nitce i że jeśli choć przez moment podejrzewałaby dekonspirację, musi uciekać i nie oglądać się za siebie.

Z dobrych powodów agentom pod przykryciem mówi się, by nigdy nie zabierali ze sobą niczego, od czego nie mogliby się po prostu odwrócić bez oglądania się za siebie, i by zawsze mieli kilka alternatywnych planów ewakuacji.

Co było dobrą uwagą. Musiała sprawdzić z Drew jego plany ewakuacyjne i przerobić przynajmniej jeden ze swoich tak, by nadawał się dla dwóch osób. Liane zanotowała to sobie w pamięci, gdy mechanicznie uśmiechała się do Bulla i podsuwając mu przez bar kolejne piwo.

— Doceniam, że znalazł pan dla mnie chwilę. Ten jest na koszt firmy.

Biker skinął jej głową, zgarnął butelkę i odszedł bez dalszego komentarza.

Po kręgosłupie Liane przebiegł dreszcz, jakby ktoś właśnie przeszedł po jej grobie, ale na zewnątrz nie okazała niczego — tylko skinęła młodej kobiecie, która stała z tyłu, gdy Bull był przy barze, i przywołała ją gestem, by złożyła zamówienie.

Drew co chwila zerkał w jej stronę, ale już nie podszedł, siedząc między Bullem a Kalebem, być może nie chcąc prowokować Gerry'ego, który siedział i rzucał złe spojrzenia, aż w końcu wstali i wyszli. To Cash wpadł uregulować rachunek, zostawiając zwyczajowy plik banknotów na barze, mruknąwszy do Liane ledwie słowo, gdy reszta wychodziła.

Tuż przed piątą do uszu Liane dotarł gardłowy ryk jednego motocykla. Joe, barman, którego zatrudniała na gorące wieczory i gdy chciała mieć wolne, już był na miejscu, a w barze było spokojnie, więc powiedziała mu, żeby przez chwilę pilnował baru i napisał do niej, jeśli będzie czegoś potrzebował, po czym wyszła na parking.

— Hej. — Drew właśnie zdejmował kask i zawieszał go na kierownicy, ale przerwał. — Chcesz się przejechać?

— Nie. Przejdźmy się. — Skinęła w stronę ścieżki biegnącej wzdłuż strumienia za barem, ścieżki, która prowadziła nad jezioro Heber pół mili dalej.

— Jasne. — Zrównał z nią krok i już po kilku sekundach zniknęli między drzewami, a muzyka, która zawsze dudniła z głośników baru, zaczęła cichnąć za nimi.

— Więc — odezwał się Drew po paru minutach. — Jesteś z ATF?

— Tak, ale niech te litery nigdy więcej nie przejdą ci przez usta. — Posłała mu karcące spojrzenie. — Liane to moje prawdziwe imię, ale nazwiska ci nie powiem — bo nie musisz go znać.

— Rozumiem. Cóż... Drew Murphy to moje prawdziwe nazwisko...

— Wiem. Jesteś dokładnie tym, za kogo się podajesz. Po prostu uważałeś, że Jacob to był absolutny dupek, mam rację?

— Jako gówniarz był znęcającym się śmieciem i dorosłość go nie poprawiła. Szczerze mówiąc, dziwi mnie, że w ogóle o mnie gadał.

— Byłeś tylko powodem do przechwałek. Jakby mieć w rodzinie olimpijczyka albo gracza NFL.

— Ty go też nie lubiłaś — zauważył celnie Drew.

— Był jeszcze gorszy od Gerry'ego w próbach podrywu. Przynajmniej Gerry poczekał, aż mój mąż się ulotni.

— To był naprawdę twój mąż?

— Nie, on i kelnerka, z którą zwiał, też byli z ATF. To wszystko część legendy, żeby mnie tu ulokować. Robi ze mnie kogoś, komu się współczuje, a jednocześnie zachęca Brethren, żeby każdy chciał wejść mi do łóżka i przy okazji może się wygadać.

— Twoi szefowie nie zachęcali cię, żeby, eee... — urwał delikatnie.

— Zacząć z którymś z nich się pieprzyć? — Liane nie widziała sensu owijać w bawełnę. — Nie mogli mi tego rozkazać, choć nie protestowaliby, gdybym to zrobiła. To byłby w stu procentach mój wybór, gdybym któregoś z nich była w stanie zdzierżyć, a nie byłam. Co jest dla ciebie wygodne, bo znaczy, że jestem wolna, żeby *ty* mógł zacząć ze mną związek.

ROZDZIAŁ ÓSMY

Drew nie był pewien, czemu spodziewał się, że Liane będzie się zachowywać inaczej, kiedy tylko oddalą się od zajazdu, ale ona wciąż była taka sama; bezpośrednia, twarda i bezkompromisowa. Zerkał na nią kątem oka, gdy szli razem ścieżką; długie nogi w obcisłych dżinsach, na stopach glany Doc Martens, czarny T-shirt sprany do szarości z ledwie czytelnym logo rockowego zespołu z lat siedemdziesiątych z przodu, khaki koszula-overshirt, która wyglądała jak z demobilu, rękawy podwinięte do łokci.

Nie do końca wiedział, co dokładnie go w niej tak pociągało, ale odkrycie, że jest agentką ATF — choć było to kompletnie niespodziewane — sprawiło, że pociąg tylko się nasilił.

— Związek? — powtórzył.

— Tak. To idealna przykrywka, żebyśmy wymieniali się informacjami. Powiedziano mi, że nie masz żadnego bezpośredniego kanału przekazywania danych wywiadowczych poza mną? — rzuciła mu pytające spojrzenie, gdy wreszcie dotarli do linii brzegowej jeziora.

— Nic nie ustawiono — potwierdził. — Myślę, że po wcześniejszych przeciekach twoi szefowie w... ee, twoi szefowie chcieli zminimalizować liczbę ludzi, którzy w ogóle wiedzą, że tu jestem. Więc wszystko, co ci przekażę, masz przedstawiać tak, jakby to były informacje, które zebrałaś samodzielnie.

Liane skinęła głową, schyliła się po kamień i puściła go z biodra po wodzie. Odbił się trzy razy, po czym zapadł w fale, a ona skrzywiła się.

— Do bani — mruknęła i wybrała kolejny kamyk. — No więc. Co masz do zgłoszenia?

— Zgaduję, że wiesz już o dziewczynie Kaleba, która diluje dla nich w liceum?

— Tak. — Skinęła potwierdzająco. — Nie przekazaliśmy tego jednak do DEA, bo szczerze mówiąc, nie gadamy z nimi. Mój szef jest przekonany, że przeciek idzie od nich. Trzymamy karty blisko piersi.

— Czyli po prostu pozwolicie szesnastoletniej dziewczynie dalej handlować narkotykami wśród licealistów? — Drew nie potrafił ukryć dezaprobaty w głosie.

— Może tak to dla ciebie nie wygląda, ale w tej chwili jest najlepsza z całej kupy kiepskich opcji. Wygląda na to, że bardzo nie chce wpaść, więc trzyma swoich rówieśników krótko. Nikomu nie pozwala wpaść po uszy, kasa na stół, a jak kogoś dorwie naćpanego w szkole, to odcina go bez gadania.

— Dilerka z kodeksem?

— Narkotyki idą w każdym amerykańskim liceum, a jeśli uważasz, że nie, to jesteś beznadziejnie naiwny. Wiedzieć, kto sprzedaje, i wiedzieć, że jej strach przed wpadką hamuje chciwość i każe trzymać się sztywnych ram, to — jak mówiłam... najlepsze z kiepskich rozwiązań.

Nie podobało mu się to, ale miała rację. Podniósł własny kamień i rzucił, klnąc pod nosem, kiedy zupełnie źle ocenił trajektorię i kamień chlupnął prosto do wody.

— Co jeszcze masz do zgłoszenia? — Liane patrzyła, jak wybiera kolejny kamień i próbuje ponownie, przechylił głowę, próbując przeliczyć tor lotu, mając do dyspozycji tylko jedno oko.

— Niewiele, czego już byś nie miała, niestety. Wiem, gdzie większość z nich mieszka, i znam na wylot wszystkie ich motocykle, bo każą mi robić czarną robotę: czyścić je i robić podstawowy serwis.

— Uroki bycia prospektem.

— Jak długo? Nawet Kaleb nie chce mi odpowiedzieć wprost. — Drew w końcu zdołał sprawić, że kamień skoczył pięć razy, zanim zatonął.

— Poprzedni przed tobą czekał sześć miesięcy, zanim dostał barwy.

— Ten agent z DEA?

— Tak. I myślę, że wyczuli go, zanim go oficjalnie wciągnęli. Czekali tylko na dobry moment, żeby go skasować, a barwy uśpiły mu czujność. Nie zdążyłam z nim pogadać, zanim się zwinął, ale mój szef mówił, że w raporcie po akcji napisano, iż przeżył czystym fartem.

— Ja słyszałem to samo. — Drew skinął głową. A potem usłyszał to; ciche chrzęstnięcie kroków na ścieżce schodzącej nad jezioro. — Ktoś idzie — powiedział cicho.

— Niestety, to popularna ścieżka na spacery. — Liane skrzywiła się, jednocześnie podchodząc bliżej. — Obejmij mnie — rozkazała nisko.

— Ja, ee...

— Oficjalnie jesteśmy dosłownie na pierwszej randce, Murphy. Obejmij mnie, a potem musisz mnie pocałować.

Nie wiem, czy to ktoś z Bractwa, czy tylko ktoś, kto puści plotkę o tym, co widział, ale tak czy siak ma pójść wieść, że ty i ja ostro ze sobą kręcimy. — Przysunęła się do niego, wplatając jego ręce wokół swojej talii.

Drew nie zdołał powstrzymać odruchowej reakcji, zesztywniał, gdy go dotknęła. Niezgrabnie objął ją ramionami, starając się trzymać je luźno, żeby łatwo mogła się odsunąć, jeśli zechce.

— Chryste, wyglądasz, jakbym miała cię zaraz dźgnąć. Spróbuj wyglądać, jakbyś tego chciał? — powiedziała Liane, lustrując jego twarz. — Dasz radę, Murphy? Wiem, że brzmi jak odwrócenie ról, ale nie chcę cię pchać w coś, czego nie chcesz.

— W porządku — mruknął, czując, jak płonie mu twarz. — Po prostu minęło dużo czasu, odkąd ktoś mnie dotknął.

— Wzajemnie — odparła Liane z przekąsem, a on przypomniał sobie, że była pod przykrywką od ponad roku.

Odgłosy, które słyszał, ucichły, i podejrzewał, że ktoś czeka tuż przy linii drzew, obserwując ich z ukrycia. Włosy na karku stanęły mu dęba, wszystkie zmysły krzyczały ostrzeżenie.

— Pocałuj mnie, jeśli dasz radę — wyszeptała Liane. — Jak nie, przyciśnij twarz do mojego policzka i spraw, żeby wyglądało to wiarygodnie.

Była w jego ramionach ciepła i miększa, niż wyglądała — niebezpieczne krągłości topniały na nim. Aż za łatwo byłoby stracić głowę, ale był zdecydowany nie robić się natarczywy. Obrócił twarz ku jej twarzy i zrobił, jak zasugerowała, wiedząc, że dla niewidocznego obserwatora będzie wyglądało, jakby całowali się namiętnie.

Liane poruszyła się, przestawiając się w jego objęciach, ale najwyraźniej wcale nie próbowała uciec — raczej grała, jakby porwała ją namiętność. W końcu odchyliła trochę głowę, a on uniósł swoją, spoglądając w dół w jej oczy. Próbował sobie przypomnieć, jak powinien patrzeć na kobietę po właśnie podzielonym intymnym pocałunku.

— Naprawdę minęło dużo czasu, co? — szepnęła Liane.

— Przykro mi. Tak. Zanim zaczął się mój ostatni tour. Nie żebym kiedykolwiek był jakimś Casanovą.

Odchyliła głowę i roześmiała się, ale nie było w tym nic szyderczego — znów grała. Sięgnęła dłonią i położyła mu dłoń na policzku, znów patrząc mu głęboko w oczy, jej były jasne, miękkie, niemal czuł, że mógłby się w nich utopić.

— Przykro mi, że musi to tak wyglądać — powiedziała cicho — ale nie widzę innego powodu, byśmy mogli regularnie rozmawiać na osobności, a nawet założenie skrzynki kontaktowej na kartki ma swoje ryzyka.

— Choćby dlatego, że wygospodarować czas i miejsce na ich pisanie byłoby dla mnie teraz trudne — przyznał krzywo Drew. Częściej niż rzadziej nocował u Kaleba i wątpił, by Kaleb miał w domu choćby długopis i kartkę.

— W porządku. Pasuje mi, jeśli tobie pasuje.

— Jasne. Ale postaraj się oswoić z przypadkowymi dotknięciami, nawet jeśli nie możesz się przemóc, żeby mnie pocałować.

— To nie tak, że nie mogę się przemóc. — Z zażenowaniem opuścił ręce, lekko się odsunął. Chciał wprowadzić między nimi odrobinę przestrzeni, zanim powie prawdę. — Rzecz w tym, że naprawdę bardzo mnie do ciebie ciągnie. Od pierwszej chwili, kiedy cię zobaczyłem. Nie chcę zrobić z tego kaszany, fundując ci nagle niespodziewaną erekcję.

— Och. — Liane na moment się spłoszyła, po czym znów się zaśmiała, tym razem bardziej naturalnie, i zaskoczyła go, wsuwając dłoń w jego dłoń. — No cóż. Prawdę mówiąc, wcale nie odbieram tego jako przykrości. W innym czasie, w innym miejscu... całkiem możliwe, że przesunęłabym cię w prawo na Tinderze.

— Jesteś na Tinderze? — Jakoś nie umiał sobie wyobrazić, by taka kobieta jak Liane musiała się uciekać do randek online. Była śliczna, miała oszałamiającą pewność siebie; nie wydawało mu się, by brakowało jej facetów zapraszających ją na randki.

— Od lat nie. — Pociągnęła go za rękę, prowadząc z powrotem na ścieżkę. — Muszę wracać. Bar zaraz się rozkręci.

— Mogę pomóc? Kaleb kazał mi wrócić do niego na dziewiątą, ale do tego czasu jestem do twojej dyspozycji.

— No, przyda mi się para dodatkowych rąk, a dla mnie to wygląda całkiem naturalnie, że cię zaganiam do roboty. Pokażę ci, co i jak. Pracowałeś kiedyś za barem?

— Nie. Ale w liceum przez jakiś czas przewracałem burgery. Pewnie mógłbym kelnerować.

Zastanowiła się, po czym pokręciła głową. — Bull zrobi mi jazdę, jeśli cię o to poproszę. Bractwo nikomu nie usługuje przy stolikach. Praca za barem to co innego.

— Jak uważasz — odparł spokojnie, z ulgą zostawiając decyzję Liane, która o wiele lepiej znała teren.

Nie było widać nikogo innego, gdy wracali ścieżką do zajazdu, ale i tak trzymali rozmowę lekką i gadatliwą, mówiąc o niczym konkretnym. Liane spytała, jakiej muzyki słucha; on spytał, jakie ma ulubione filmy. Dokładnie to, o czym rozmawia para poznająca się nawzajem, gdyby tylko oboje nie byli tajniakami, którzy ciężko pracują, by stworzyć fasadę normalności.

Zajazd faktycznie się zapełniał, gdy wrócili, przy barze formowała się kolejka. Liane skinęła Drew, by poszedł za nią i popatrzył, a sama z zapałem rzuciła się do nalewania i mieszania drinków.

— Bractwo teraz robi za barmanów? — zagadnął jeden gość, zerkając na jego barwy, gdy Drew stawiał piwo na ladzie.

— Masz z tym jakiś problem? — warknął Drew.

— Nie! — Facet energicznie pokręcił głową. — Dobrze widzieć was przy uczciwej robocie, tyle. Nie żebym sugerował, że, ech, inaczej nie macie... uczciwej roboty!

Drew obdarzył go niebezpiecznym spojrzeniem, a gość, który najwyraźniej miał więcej włosów niż rozsądku, pośpiesznie trzasnął dychę na ladę i czmychnął z piwem w ręku.

— Postaraj się nie straszyć klientów — rzuciła Liane, mijając go, i klepnęła go szybko w tyłek, aż podskoczył. — Powiedziałabym, że w gruncie rzeczy to wielka miękka buła, ale byłoby to gigantyczne kłamstwo — skomentowała głośno, wywołując chichoty tych, którzy stali najbliżej.

— Dla mnie wygląda na całkiem *twardego* — odparła kobieta czekająca na swoje drinki, wodząc wzrokiem po sylwetce Drew. — Gdyby Gerry miał takie ciało, może mniej by mi przeszkadzało, że ciągle klepie mnie po tyłku!

Liane uśmiechnęła się krzywo. — Zachowuj się, Maura. Drew jest zajęty.

— Szkoda — mruknęła Maura, ale uśmiechnęła się do Liane. — Oglądać wystawy chyba wciąż wolno?

— Prawo tego nie zabrania. — Liane wzruszyła ramionami i, przechodząc, umyślnie otarła się o Drew całym ciałem. Zdeterminowany, by oswoić się z takim kontaktem, zmusił się, by nie drgnąć; tylko wyciągnął rękę i na moment położył jej dłoń na talii, gdy przystanęła obok.

Przez krótką chwilę, gdy spojrzała na niego, hałaśliwy bar wokół jakby ucichł. Wzrok uciekł mu ku jej wargom — miękkim, pełnym, lekko rozchylonym — i o mało co nie pochylił się, by ją pocałować.

W tym momencie ktoś zastukał w ladę i czar prysł. Drew oderwał wzrok od Liane, czując, jak oblewa go rumieniec, i dziękując losowi, że światła w barze były dość przygaszone.

Jej palce lekko musnęły jego ramię, zanim się odsunęła, idąc przyjąć kolejne zamówienie.

To będzie skomplikowane. Utrzymać fikcyjny związek i jednocześnie trzymać Bractwo w przekonaniu, że jestem białym supremacjonistą bez kompasu moralnego.

Z drugiej strony, mieć kogoś, przy kim mógłby naprawdę spuścić gardę, mogło być bezcenne. Już zaczął odczuwać napięcie wynikające z bycia stale „włączonym" po zaledwie kilku tygodniach. Nie był w stanie sobie wyobrazić, jak Liane utrzymywała to przez ponad rok. Może i dłużej; możliwe, że spędziła całą dotychczasową karierę w ATF pod przykrywką, w różnych sytuacjach.

Zerkając na Liane, gdy z wprawą mieszała dzbanek margarity dla Maury i jej przyjaciółek, Drew zastanawiał się, ile Liane ma lat. Jej kolorowe, krótkie włosy w stylu pixie odmładzały ją bardziej, niż — jak sądził — była w rzeczywistości. Mogłaby uchodzić za niewiele ponad dwadzieścia, ale on zgadywał, że jest bliżej jego trzydziestu jeden.

Zajazd był ruchliwy: dwóch kelnerów zbierało zamówienia i roznosiło dania z kuchni, Drew pomagał Liane i Joe za barem. Następne dwie godziny minęły szybko, choć co jakiś czas spoglądał na zegarek. Nie wiedział, czy Kaleb zda Bullowi relację, jeśli Drew nie zjawia się u niego do dziewiątej, i nie chciał tego sprawdzać.

— Muszę się zbierać — powiedział w końcu do Liane. Rozejrzała się szybko. — Odprowadzę cię.

Robiło się już spokojniej; kuchnia wysłała ostatnie dania chwilę wcześniej i większość osób, które przyszły tylko zjeść, już wyszła. Joe skinął głową, gdy Liane poprosiła go, żeby przez pięć minut przypilnował baru.

— Nie miałam wcześniej okazji ci powiedzieć — rzuciła cicho Liane, gdy stali na parkingu obok jego motocykla — ale tutaj są zamontowane mikrofony z przesyłem do centrali. Jeden przy zwykłym stole Bractwa i jeden w tym drzewie tam, gdzie parkują motocykle. Więc jeśli będziesz mógł sprowokować tam jakieś zbyt szczere rozmowy, zrób to, proszę.

— Zrozumiano. — Świadomy, że po parkingu kręcą się ludzie, z których każdy chętnie odpowie na pytania Bractwa, jeśli go o coś zapytają, Drew rozłożył ramiona. Liane weszła w nie chętnie, unosząc ręce i oplatając mu szyję.

— Oswoiłeś się już z myślą, żeby mnie pocałować?

— Nigdy nie miałem nic przeciwko, żeby było jasne!

Zaśmiała się cicho, po czym jej dłoń lekko nacisnęła tył jego szyi, przyciągając jego twarz do swojej.

No to lecimy.

Pocałował ją.

ROZDZIAŁ DZIEWIĄTY

LIANE NAPRAWDĘ NIE SPODZIEWAŁA się, że Drew całuje aż tak dobrze. Jego usta były ciepłe i jędrne, dolna warga lekko sunęła po jej wargach, dając rozkoszne tarcie, przez które otworzyła usta, nawet o tym nie myśląc.

Poczuła, jak Drew zesztywniał z zaskoczenia, a potem jakby rozluźnił się w pocałunku. Jego język musnął jej język, lekko drażniąc, a ona zadrżała od nagłego uderzenia pożądania.

— To może się skomplikować. Drew odsunął się i wyszeptał to tuż przy jej ustach.

— Moje życie to definicja komplikacji, co masz na myśli, że to się *mogłoby* skomplikować?

Wydał z siebie niski, zachrypnięty śmiech, po czym się cofnął. — Muszę iść. Zrogowaciałe opuszki palców delikatnie nakreśliły łuk jej żuchwy. — Cała ekipa wpada jutro na lunch, więc wtedy się zobaczymy.

— Wciągaj mnie w to, ile się da. Jestem kobietą, więc członkostwo nie wchodzi w grę, ale bycie starą to następna najlepsza opcja. Będę udawać, że oślepiło mnie pożądanie;

ty graj trochę chłodniej. Jeśli Bull uzna, że latam za tobą, może spróbować przesuwać granice przy mnie i sprawdzić, ile interesów ujdzie mu na sucho w przydrożnym barze.

— Każdy instynkt wrzeszczy mi, żebym trzymał cię od nich jak najdalej. — Drew posłał jej krzywy uśmiech. — Odzywają się instynkty jaskiniowca, przepraszam.

— Bo jestem kobietą?

Skinął głową. — Nie dlatego, że nie wierzę, iż świetnie sobie poradzisz, a nawet że jesteś znacznie lepiej wyszkolona ode mnie do takiej roboty pod przykryciem. To po prostu instynkt.

— Spróbuj je zdeptać. Pracujemy razem i nie jesteś moim ochroniarzem. Twoim zadaniem nie jest mnie chronić, tylko zbierać informacje.

— Wiem. — Oparł czoło o jej czoło. — Mam wrażenie, że żeby doprowadzić tę misję do końca, będziemy musieli wycisnąć z siebie wszystko. Nie będę na tyle głupi, żeby próbować wycinać cię z czegokolwiek w błędnym przekonaniu, że cię w ten sposób chronię.

— Lepiej dotrzymaj słowa. — Liane jednak złapała się na tym, że się uśmiecha. Był taki szczery. Taki uczciwy. Strach wpełzł w nią; jak ten facet ma przeżyć w świecie kłamstw, jakim jest robota pod przykryciem? Prędzej czy później powinien się potknąć.

Z drugiej strony, pomyślała, patrząc, jak dosiada Harleya i odjeżdża, jego legenda przykrycia była w gruncie rzeczy jego prawdziwą tożsamością. Kłamał tylko w kwestii poglądów.

W przeciwieństwie do niej. Uśmiechnęła się do siebie, odwracając się i spoglądając na przydrożny bar, nasłuchując rocka dudniącego ze środka. To było bardzo, bardzo daleko od ekskluzywnego miasteczka w Wirginii, w którym dorastała Liane Hagerty, córka dwojga lobbystów z Waszyngtonu, którzy rozpuścili trzy córki do granic możliwości, posyłając je do drogich prywatnych szkół i finansując każde hobby, jakie tylko przychodziło im do głowy.

Środkowa córka, Liane, była tą wysportowaną; jej najmłodsza siostra, Jessikah, była genialna w technologiach, miała każdy gadżet, jaki kiedykolwiek stworzono — i kilka sama wynalazła — a najstarsza, Kelsey, była rodzinną pięknością, dziewczyną, za którą wszyscy się oglądali. Zaczęła pracę w modelingu w wieku trzynastu lat, a pięć lat później zarabiała więcej niż oboje rodzice razem wzięci, podróżując po świecie, kręcąc reklamy i chodząc po wybiegach dla największych domów mody.

Liane zacisnęła powieki przeciw ukłuciu łez, wspominając ostatni raz, kiedy widziała Kelsey. Na Nowojorskim Tygodniu Mody, zaraz po wyjściu na wybieg w olśniewającej sukni haute couture. Rodzina Hagertych wybrała się wtedy do Nowego Jorku, żeby raz wreszcie zobaczyć triumf Kelsey na własne oczy. Po kolacji celebrującej pokaz Liane poszła za Kelsey do łazienki i przyłapała siostrę, jak wciąga kreskę kokainy z marmurowego blatu toaletki.

— Jak, do cholery, myślisz, że utrzymuję taką szczupłość? — warknęła Kelsey, kiedy Liane ją skonfrontowała. — Kilo w tę czy we w tę i zlecenia zaczynają wysychać w zastraszającym tempie. Koka trzyma mój metabolizm na tyle rozkręcony, że nie muszę się głodzić.

— Mama i tata o tym wiedzą?

— Oczywiście, że nie. I nie waż się im powiedzieć. — Oczy Kelsey pociemniały i błysnęły groźnie. — Wiem, co robię.

Mając zaledwie piętnaście lat, Liane nie wiedziała, co robić. Tego wieczoru siedziała cicho, a całą noc w hotelu przewracała się z boku na bok, walcząc z sumieniem.

Następnego ranka do drzwi hotelowego pokoju zapukała policja. Kelsey po kolacji poszła do swojego dilera, najwyraźniej po więcej towaru. Wlazła prosto w środek wojny o teren. Zbłąkana kula trafiła ją w brzuch i wykrwawiła się na śmierć, zanim przyjechali ratownicy.

Od tamtej chwili droga Liane była przesądzona. Miała iść do służb. Zrobiła magisterkę z kryminologii i złożyła podania do wszystkich głównych federalnych agencji. ATF przyjęło ją w try miga.

Od początku typowano ją do pracy pod przykryciem. Była dobrą, naturalną aktorką i przy odpowiedniej fryzurze, makijażu i ubraniu mogła wyglądać znacznie młodziej albo sporo starzej, niż wskazywałby jej wiek. Ostatnie osiem lat od dołączenia do agencji spędziła niemal w całości pod przykryciem; niewielu kolegów z ATF rozpoznałoby ją z widzenia. Jej praca wsadziła za kratki dziesiątki, może setki przestępców. Powstrzymała przed trafieniem na ulice jeszcze więcej broni i bez wątpienia uratowała mnóstwo istnień.

To zlecenie było jednak najdłuższe. Dobry rok z okładem na końcu świata, a śledztwo dreptało w miejscu, i była zmęczona, zaczynała myśleć, że jej dni jako agentki pod przykryciem są policzone. Liane chciała znów być sobą... o ile po tak długim udawaniu kogoś innego jeszcze wiedziała, kim jest.

— Dopadnę ich, Kels — wyszeptała do nocnego nieba. — Dopadnę ich, a potem... spróbuję się dowiedzieć, kim teraz jestem.

Minęło prawie piętnaście lat, odkąd ta zbłąkana kula zabrała Kelsey życie. Niemal połowa życia Liane. Śmierć Kelsey zmieniła całą rodzinę; małżeństwo rodziców rozpadło się w kilka miesięcy, ojciec szybko ożenił się ponownie i wkrótce przyjął posadę w Departamencie Stanu, która wysyłała go po całym świecie. Liane mogła policzyć na palcach jednej ręki, ile razy widziała go od zakończenia liceum.

Matka zamknęła się w sobie. Dawna pewna siebie lobbystka rozpadła się na kłębek lęku i nerwów, ledwo przebijając się przez każdy dzień. Po latach leków i terapii całkiem się przeobraziła w instruktorkę jogi i teraz mieszkała oraz pracowała w ośrodku odwykowym dla bogatych i sławnych — w tym dla niektórych polityków, z którymi kiedyś współpracowała.

Jessikah też chciała iść do służb, ale wybrała inną drogę. Genialna przy komputerach, już na ostatnim roku studiów zrekrutowała ją NSA. Trzy lata temu jednak ogłosiła, że odchodzi z agencji i dołącza do prywatnej grupy ochroniarskiej. Właściwie stała się jeszcze bardziej tajemnicza w sektorze prywatnym niż wtedy, gdy pracowała dla rządu.

Najbardziej brakowało jej Jessikah i kiedy stała sama przed przydrożnym barem, niechętna wracać do środka i znów zanurzać się w kieracie swojej przykrywkowej persony, postanowiła, że kiedy to zlecenie dobiegnie końca, znajdzie siostrę i spędzi z nią trochę porządnego czasu. Dowie się, kim teraz jest Jessikah i co robi ze swoim życiem.

Może Liane znajdzie nawet czas, żeby pomyśleć o związku.

Zaśmiała się cicho do siebie, uznając, że pocałunek Drew naprawdę musiał zrobić na niej spore wrażenie.

Myślała o rzeczach, które nie przychodziły jej do głowy od lat.

Krzyk z wnętrza przydrożnego baru sprawił, że wyprostowała plecy i strząsnęła nagłą melancholię. Robota czekała, a nikt inny jej nie zrobi. Musiała dotrwać do końca wieczoru, posprzątać, a kiedy będzie już sama w mieszkaniu, zalogować się i zameldować prowadzącemu, że nawiązała kontakt z Drew i że zamierzają prowadzić pozorowany związek, żeby dać mu dobre przykrycie do regularnego przekazywania jej informacji. Przekaże też kilka drobnych strzępów, które zdołał jej podrzucić — nic nowego, ale wszystko potwierdzało to, o czym już meldowała.

I tym razem miała nadzieję, że zdecydują się zrobić coś z tą cholerną dziewczyną, która sprzedaje narkotyki w liceum.

Niemniej nie miała nawet pewności, czy ATF przekazało te informacje DEA. Kiedy zorientowano się, że gdzieś jest przeciek, trzy agencje przestały rozmawiać ze sobą o tej sprawie. Zaufanie spadło do absolutnego minimum.

Na parking wtoczył się samochód, snop świateł na moment objął Liane, i zobaczyła niebiesko-białe malowanie, belkę na dachu. Wóz biura szeryfa.

Nagle wiedziała, jak załatwić sprawę tej dziewczyny. Szeryf Hunter nie był długo na stanowisku, ale najwyraźniej grał uczciwie i nie było mowy, by tolerował uczennicę handlującą narkotykami w szkole na swoim terenie, gdyby tylko o tym wiedział.

Teraz musiała tylko wymyślić, jak podrzucić Hunterowi anonim. To nie on wysiadał z samochodu, ale wpadał do przydrożnego baru przynajmniej raz w tygodniu. Nawet przyprowadził kiedyś swoją dziewczynę na jedzenie i oboje chwalili kuchnię.

I ot tak wiedziała, jak dotrzeć do Jasona Huntera. Jego dziewczyna była prawniczką w Woodvale, następnym miasteczku za Redstone Creek. Musiała mieć adres, pewnie łatwy do znalezienia w internecie. Liane mogła napisać anonim, podpisać go „federalna agentka pod przykryciem w Redstone Creek" i wysłać do niej pocztą.

Zadowolona z planu otworzyła drzwi przydrożnego baru i uprzejmym gestem przepuściła przodem właśnie przybyłego zastępcę szeryfa. Nie mogła sobie przypomnieć jego nazwiska; kolejny z nowych, których Hunter zrekrutował, kiedy połowa wydziału skończyła aresztowana albo zwolniona za konszachty z Manhunterami.

— Dobry wieczór — powiedziała wesoło.

— Dużo roboty? — zapytał zastępca.

— Niespecjalnie. Wyszłam tylko zaczerpnąć powietrza. Kuchnia już skończyła, a dziś środek tygodnia; ludzie zaraz się zwiną do domów. Trzeba się wyspać przed jutrzejszą robotą.

Zastępca skinął głową. — Jakieś kłopoty z Brethren? — zagaił niby od niechcenia.

— Ja im nie wadzę, oni mnie też nie. — Celowo odwróciła się do niego plecami, dając do zrozumienia, że nie zamierza z nim omawiać Brethren. Byli już w środku i choć żadnego z gangu akurat nie było, Liane widziała co najmniej trzy kobiety, które kiedyś były związane z członkami. Jedna wciąż zgrywała się z Gerrym na „razem albo osobno", zależnie od tego, czy była dostatecznie pijana. Wystarczyłoby parę słów od którejś z nich, że Liane rozmawia z biurem szeryfa o sprawach Brethren, i resztki zaufania do niej wyparowałyby całkowicie.

— Był dziś któryś z nich? — nie odpuszczał zastępca, idąc za nią do baru.

— Nie prowadzę rejestru, kto wchodzi i wychodzi z mojego baru, panie zastępco. — Odwróciła się do niego i uniosła brew. — To jak, jest pan na służbie czy poza nią?

— Poza. — Wyglądał na zdezorientowanego.

— W takim razie proponuję, żeby usiadł pan na tyłku i zamówił drinka, bo inaczej moi klienci pomyślą, że będzie pan ich śledził wzrokiem przy wyjściu i wybierał, komu przypiąć jazdę po pijanemu.

Oczy mu się rozszerzyły. A potem potulnie usiadł na stołku i zamówił Bud Lighta.

Była pewna, że mruknął do piwa: — Twarda sztuka. — I szczerze mówiąc, wcale jej to nie przeszkadzało. Jego obecność zdecydowanie przygasiła nastrój w barze, ludzie zaczęli regulować rachunki, narzucać płaszcze i szybko kierować się do wyjścia, licząc, że znikną, zanim skończy piwo i wyjdzie. Niezbyt dobre dla interesu, ale Liane nie umiała się tym przejąć. Z odrobiną szczęścia lokal opustoszeje przed zamknięciem, a ona załapie się na rzadko spotykany wczesny sen.

Rozdział dziesiąty

— Skończyłeś?

Drew westchnął na to pytanie, odepchnął się stopami od ziemi, żeby wysunąć wózek mechanika spod ciężarówki Bulla, i zmarszczył brwi, patrząc na Kaleba. — Skończę dużo szybciej, jeśli nie będziesz mnie co pięć minut pytał, czy już skończyłem.

— Idziemy do zajazdu na lunch. No chodź, wrócimy i dokończymy później. Bull nie potrzebuje ciężarówki jeszcze przez parę dni, sam tak powiedział.

— Nie lubię zostawiać roboty w połowie. Nie powinno to potrwać dużo dłużej.

— No chodź, głodny jestem!

Drew parsknął półśmiechem, podniósł się i sięgnął po szmatę, żeby wytrzeć tłuste ręce. — Chyba już nie rośniesz dalej.

Kaleb uśmiechnął się do niego. — Może.

— Dobra, dobra. Chyba też zgłodniałem.

— I zobaczysz swoją starą. — Kaleb szturchnął go zadziornie w żebra, kiedy szli do zlewu z tyłu garażu Bulla, żeby się umyć. — Dwa tygodnie mijają jutro. Zamierzasz zapytać Bulla, czy możesz się z nią oficjalnie spotykać?

Drew wzruszył ramionami, udając obojętność. Kątem oka dostrzegł Bulla stojącego tuż po drugiej stronie otwartych drzwi do domu, jak przysłuchuje się rozmowie. — Chyba tak. Zwykle podobają mi się raczej biuściaste blondynki w krótkich spódniczkach i kowbojskich butach. Nigdy też nie miałem kobiety, która tyle mi odszczekuje.

— Ale ona ci się podoba? — nie odpuszczał Kaleb.

— Wystarczająco. I nie zamierzam odmawiać darmowego ruchania. Za dużo nocy spędziłem tylko w towarzystwie swojej prawej ręki. — Rzucił Kalebowi krzywy uśmiech. — Misje w zadupiach trzeciego świata są do dupy.

— Bylebyś nie musiał ssać jaj! — Kaleb ryknął prostackim śmiechem i klepnął go w ramię, po czym ściszył głos, ku zaskoczeniu Drewa. — Chciałem cię tylko ostrzec. Gerry jawnie uganiał się za Liane i jest ostentacyjnie wkurzony, że to ty z nią kręcisz, ale Bull też na nią oko zawiesił.

I Bull słyszy każde słowo tej rozmowy. Drew myślał błyskawicznie.

— Nie chcę nikomu wchodzić w paradę. Mam się wycofać?

— Nie, nie sądzę. — Kaleb wzruszył ramionami. — Jeśli Bull będzie jej chciał wystarczająco, powie ci, żebyś się odsunął, i sam spróbuje. Ale Liane wybrała ciebie, prawda? Dość wcześnie dała jasno do zrozumienia, że jej się podobasz.

— Nie jest kobietą, która wstydzi się iść po swoje — przyznał Drew. — Szczerze mówiąc, nie wiem, czemu wybrała akurat mnie. Może po prostu jestem w jej typie.

— Nie wyglądasz zbytnio jak jej były mąż — powiedział Kaleb z namysłem — ale chyba też był wysoki i wysportowany. I ogolony.

W przeciwieństwie do Bulla i Gerry'ego, którzy obaj byli średniego wzrostu, krępi i brodaci. Drew miał szczupłą, żylastą sylwetkę typową dla żołnierzy sił specjalnych, umięśnioną, ale pozwalającą biegać długie dystanse z pełnym plecakiem sprzętu. A spędził dość czasu na długich misjach, gdy nie mógł się golić i nienawidził z tego powodu swędzenia. Teraz nigdy nie czekał dłużej niż parę dni, żeby przyłożyć maszynkę do twarzy.

— Słuchaj, gram wyluzowanego, ale ona jest dobrą kobietą — powiedział. — I do tego bizneswoman. Trzeba szanować kobietę, która ciężko pracuje i odnosi sukcesy w swoim interesie. To mi się w niej bardzo podoba.

— Zajazd to cholerny atut — stwierdził Kaleb, gdy wyszli z garażu, opuszczając za sobą drzwi, i poszli do swoich motocykli. — Może jak się z nią umawiasz, będzie dla nas trochę bardziej pobłażliwa, co? Przymknie oko, jeśli będziemy musieli coś tam załatwić.

— Spokojnie, powoli — rzucił do niego z uśmiechem Drew. — Daj mi do tego dojść. Nie chcę zostać rzucony, zanim na dobre zaczniemy.

Kaleb podszedł i zapukał do drzwi domu, a Bull wyszedł parę minut później, wciągając na siebie kurtkę.

— Skończył Pan wymianę oleju? — warknął, zapinając kask.

— Prawie. Dokończymy po południu — odparł Drew.

— Dopilnujcie, żeby tak było. — Potem Bull kopniakiem odpalił silnik i rozmowa się urwała.

Pojechali tą samą trasą, co co parę dni przez ostatnie dwa tygodnie, objeżdżając miasteczko i zbierając wszystkich po drodze, aż Brethren zjawiło się w pełnym składzie, z jednym tylko wyjątkiem — Gerry'ego. Nigdy nie zajeżdżali do Gerry'ego; Drew nie miał pojęcia, gdzie mieszka, ale zakładał, że poza miastem. Sierżant broni zawsze czekał na nich na skrzyżowaniu z drogą na autostradę i ostatnie parę mil do zajazdu jechał z nimi.

Drew nie był pewien, czy to jego pobożne życzenia, czy po prostu dobra gra aktorska z jej strony, ale oczy Liane jakby rozbłysły, gdy wszedł do zajazdu na końcu peletonu, jak przystało na kogoś o statusie prospekta. Na pewno posłała mu też jaśniejszy uśmiech, chociaż najpierw przywitała Bulla, uprzejmie, ale bez czołobitności.

— Spory dziś ruch — mruknął Bull, rozglądając się.

— Lato idzie — zgodziła się Liane. — Ludzie zaczynają przyjeżdżać nad jezioro na weekendy.

— Hm. — Bull nie wyglądał na szczególnie zadowolonego, ale, o ile Drew mógł powiedzieć, on nigdy nie wyglądał na zadowolonego.

— Oczywiście, wasz stolik jest zarezerwowany.

— No jasne — warknął Gerry, przepychając się obok grupki ludzi czekających przy barze. Jeden z nich odwrócił się, może żeby palnąć jakąś wkurzoną ripostę, która jednak zamarła mu na ustach, gdy krępy, skórzany biker spojrzał na niego spode łba. — Na co się gapisz? — warknął Gerry.

Chłopak wyglądał na przerażonego, oblizał wargi. — Na nic!

— Myślisz, że jestem nikim, tak?

— Nie! Ja — tylko — szukałem wolnego stolika!

— Nie baw się dzieciakiem, Gerry — szturchnął go Cash w plecy. — Bez zadym. Jesteśmy tu jeść.

— Hmpf. — Gerry jeszcze parę sekund mierzył go wzrokiem, ale chłopak już wpatrywał się blado w podłogę.

— Hej, ty. — Liane lekko szturchnęła Drewa w ramię.

— Hej. — Pochylił się, żeby ją pocałować, tylko muśnięcie ust.

Uśmiechnęła się do niego i mruknęła, na tyle głośno, by stojący obok Bull usłyszał: — I dlatego nigdy nie umówiłabym się z Gerrym. Lubi straszyć moich klientów. To fatalne dla interesu.

— Wygląda na to, że interes dziś idzie całkiem nieźle — zauważył Drew.

— Pewnie. Jeśli będziesz miał chwilę po jedzeniu, moglibyśmy gdzieś wyskoczyć.

— Jak na randkę? — Uśmiechnął się.

— Albo to, co w tym miasteczku uchodzi za randkę. Chcę jechać na strzelnicę. Pomyślałam, że mógłbyś mnie podrzucić na swoim motocyklu.

— Na strzelnicę? — uniósł brwi.

— Ta twoja kobieta dobrze strzela — powiedział Bull, najwyraźniej nie przejmując się, że właśnie zdradził, iż podsłuchiwał ich rozmowę. — Widziałem ją na strzelnicy.

— Ten bar potrafi się zrobić hałaśliwy. Ludzie dużo lepiej się zachowują, kiedy wiedzą, że mam obrzyna pod ladą i świetnie strzelam z pistoletu. — Liane wyszczerzyła zęby w uśmiechu. — Ale dawno nie byłam na strzelnicy.

— Mam niby kończyć wymianę oleju w ciężarówce Bulla — powiedział Drew, zerkając kątem oka na Bulla. Prezes klubu przez chwilę rozważał, po czym skinął głową.

— Doceniam pańską sumienność. W sobotę ma Pan do załatwienia nią pewien kurs. Dopóki będzie gotowa do tego czasu, nie mam nic przeciwko. Więc proszę wziąć popołudnie ze swoją starą, jeśli Pan chce.

— Starą jestem, tak? — powiedziała Liane. — To znaczy, że jesteśmy oficjalnie?

— Jeśli chcesz. Drew okazał nam dotąd dobrą lojalność i myślę, że mogłabyś być atutem dla klubu.

— Moje zasady...

— Omówimy je innym razem. Może poza godzinami otwarcia, kiedy będzie mniej uszu, które podsłuchują to, co nie ich sprawa.

Liane przechyliła głowę, przyglądając się Bullowi z namysłem, a potem spojrzała na Drewa i pozwoliła, by jej wyraz twarzy widocznie złagodniał. Grała zakochaną dziewczynę, pomyślał, pod wrażeniem jej aktorskich umiejętności.

— Dobra — powiedziała. — Nie mogę ryzykować mojej koncesji na alkohol, ale... dobra. Pogadamy.

— Dobra dziewczynka — mruknął Bull, po czym uścisnął aprobująco ramię Drewa, minął go i ruszył do ich stolika. — Pierwszą rundę piw — proszę załatwić — rzucił przez ramię.

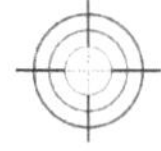

Liane ustawiła na tacy dziewięć butelek piwa i colę i patrzyła, jak Drew bierze tacę i idzie przez salę do stołu Brethren. Najpierw postawił piwo przed Bullem, a potem obszedł stół, obsługując wszystkich, zanim zajął swoje miejsce, jak przystało grzecznemu prospektowi, między Kalebem a Cashem. Kaleb coś powiedział, co sprawiło, że Drew się uśmiechnął i zerknął na nią, a Gerry — zmarszczył się z końca stołu. Może Bull powiedział reszcie, że dał Drewowi zielone światło na porządny związek z nią.

To nawet nie było prawdziwe, ale coś w środku Liane i tak się od tego ogrzało. Pozwolenie oznaczało, że Drew mógł zostać na noc. Oznaczało, że mogli chodzić na randki.

— Naprawdę myślałem, że jesteś mądrzejsza, niż żeby się pakować w jednego z nich — odezwał się głos, a ona zmierzyła Merricka, kelnera, gniewnym spojrzeniem, gdy podnosił dzban piwa dla jednego z innych stolików.

— Nie płacę ci za ocenianie mnie, dzieciaku. Zachowaj swoje opinie dla siebie. Wyjdzie ci to na zdrowie. — Co do tego ostatniego wcale nie żartowała. Nikt w Redstone Creek, kto miał odrobinę rozsądku, nie obgadywał Brethren.

Merrick tylko prychnął, odchodząc. Liane powstrzymała uśmiech. Był dobrym dzieciakiem. Zasługiwał na coś więcej niż życie przy tacach w tym zapyziałym miasteczku. Odkładał na czesne, żeby jesienią iść na studia; napisze mu cholernie dobrą rekomendację i oby udało mu się zdobyć inną pracę, która pozwoli mu się utrzymać w czasie nauki. Właściwie, pomyślała, powinna napisać tę rekomendację już teraz i oddać ją szefowej, żeby wysłała Merrickowi, na wypadek gdyby musiała zwijać się wcześniej i bez zapowiedzi. Z odrobiną szczęścia zadanie będzie zakończone i do jesieni już jej tu nie będzie.

Lunchowy szczyt ucichł, ludzie zaczęli się rozchodzić, a Drew został, gdy reszta Brethren wyszła, pomagając Merrickowi zbierać ze stołów, chociaż chłopak rzucał mu mordercze spojrzenia. Które zniknęły, kiedy Drew podał mu mały plik banknotów.

— Znalazłem to pod talerzami. Twoje napiwki.

Merrick mruknął niewdzięczne dzięki, biorąc pieniądze, ale Liane zauważyła jego zaskoczone zerknięcie w bok, kiedy pognał do kuchni.

— Prawdziwy biker by mu nie oddał kasy — szepnęła do Drewa, podchodząc obok niego.

— To były jego napiwki. — Drew zmarszczył brwi. — Haruje na nie jak wół. Czemu ja miałbym brać tę kasę tylko za zebranie paru talerzy?

— Wystaje ci poczucie honoru. Tylko mówię. Kaleb albo Cash, albo Gerry schowaliby to do kieszeni bez mrugnięcia. Merrick teraz myśli, że coś ci się nie spina.

— O. — Drew skrzywił się. — Psuję przykrywkę? — Jego głos był bardzo cichy; i tak byli teraz w sali sami.

— Nie. I tak nie lubi Brethren, więc nie będzie rozgadywał, ale uważaj. Nie jesteś wystarczająco bezwzględny.

— Przyjęto. — Nie wyglądał na szczególnie uradowanego tą perspektywą. Bycie bucem twarzą w twarz miało być dla niego trudne, pomyślała Liane, ale pod przykrywką będzie musiał chociaż trochę ubrudzić sobie ręce.

— Gotowy? Muszę tylko zabrać pistolet i trochę amunicji.

— Jasne. Masz kask? Bull mówi, że musimy pilnować przepisów drogowych. Nie dawać biuru szeryfa pretekstu. — Wymienili rozbawione spojrzenia.

— Mam, owszem. Jest na górze. Daj mi pięć minut. Chcę też czystą koszulkę. — Jak zwykle, ta, którą miała na sobie, zebrała swoje podczas pracy przy ruchliwym barze.

— Poczekam na ciebie na zewnątrz? — Zerknął na bar. — A może chcesz, żebym tu popilnował?

W tym momencie przez zewnętrzne drzwi wcisnął się Joey, skinął im obojgu głową i burknął powitanie, a Liane pokręciła głową.

— Nie, Joey ogarnie. Widzimy się za pięć na zewnątrz.

Drew opierał się o motocykl, kiedy zeszła, i zatrzymała się na moment, nienamaglowana, by po prostu go podziwiać. Dobrze wyglądał tak oparty o tę harleykę. Jeśli tylko zignorować gangowe naszywki na jego skórzanej kamizelce.

— Hej. — Wyprostował się, gdy podchodziła, a jego oczy bezczelnie prześlizgnęły się po niej w górę i w dół — ku jej zaskoczeniu wcale jej to od niego nie przeszkadzało. Zauważyła, że prawe oko nie pracowało tak jak lewe.

— Jak ci się strzela z takim okiem? — zapytała.

Twarz Drewa natychmiast się zamknęła. — Cholera — mruknął, odwracając się od niej i przerzucając nogę przez motocykl. — Ocena odległości mam totalnie w dupie. Kiedyś trafiałem w ćwierćdolarówkę z pół mili; teraz miałbym szczęście trafić w samochód na takim dystansie.

To musiało być trudne dla byłego snajpera z elity. Liane współczuła, ale i tak zapytała: — To z karabinem. A pistolet?

Spojrzał na nią, gdy dosiadła siedzenia za nim, z wyraźnym zaskoczeniem na twarzy. — Nie mam. Dawno nie strzelałem z krótkiej.

— Nie nosisz? — zdumiało ją to. Idaho to stan dość liberalny, jeśli chodzi o prawo do broni; noszenie na widoku jest legalne z pozwoleniem, a je zdobyć nie jest trudno. Była prawie pewna, że reszta Brethren stale nosi spluwy.

— Nie.

— To głupota. W naszej robocie prędzej czy później dojdzie do broni. Jak jej nie masz, to nawet nie wchodzisz do gry.

— A jeśli nie trafię nawet w pieprzoną ścianę stodoły?

Brzmiał cholernie gorzko. Liane objęła go w pasie, położyła brodę na jego ramieniu i mówiła mu prosto do ucha: — Gówno prawda, żołnierzu. Nie potrzebujesz dwojga oczu, żeby trafić typa stojącego tuż przed tobą. Zabierz mnie na strzelnicę i załatwimy ci cholernego pistolet.

Poczuła, bardziej niż usłyszała, jak chichot przechodzi mu przez ciało, potem na moment położył dłoń na jej dłoniach, po czym obie ręce wróciły na kierownicę i odpalił motocykl. Gardłowy ryk silnika położył kres dalszej rozmowie — przynajmniej na razie.

ROZDZIAŁ JEDENASTY

STRZELNICA BYŁA POŁĄCZONA z lokalnym sklepem sportowym, a właściwie głównie ze sklepem z bronią, jak zauważył Drew, gdy weszli do środka. Typ o szczurzej gębie za ladą był mu znajomy. Widział tę twarz kilka razy u Casha, choć nigdy ich sobie nie przedstawiono. O ile wiedział, Szczurzy Pysk nie należał do Brethren — ale to był dokładnie ten rodzaj przynależności, który zapewne bardzo szybko pozbawiłby kogoś licencji na handel bronią.

— Strzelasz dziś, Liane? — zapytał Szczurzy Pysk.

— Hej, Bobby. No. Daj mi dwie paczki jak zwykle. A Drew potrzebuje klamki.

Bobby strzelił gumą do żucia, zamaszyście wskazał na przeszkloną gablotę za ladą. — Wybieraj, stary. Wiem, że Cash później za ciebie ureguluje.

— Hojnie — mruknął Drew pod nosem, lustrując rzędy pistoletów. — Nie potrzebuję niczego wymyślnego.

— A może porządny, podstawowy Glock 19? — zaproponowała Liane.

— Jasne. — W gruncie rzeczy było mu wszystko jedno. To nie był jego ukochany karabin, bezpiecznie zamknięty w sejfie na broń — jedynej rzeczy, jaką zainstalował w domku kuzyna.

Bobby położył pistolet na ladzie, a Drew odruchowo go sprawdził, rozłożył i złożył w kilku szybkich, wprawnych ruchach.

— Słyszałem, że byłeś w siłach specjalnych — w głosie Bobby'ego brzmiał czysty szacunek.

— Rangerzy. — Magazynek był, rzecz jasna, pusty. Drew podniósł dwie z czterech paczek nabojów 9 mm Parabellum, które Bobby zaraz położył na ladzie. — Dzięki.

— Nie ma sprawy. — Bobby pokręcił głową, gdy Liane wyciągnęła kartę. — Dopiszę twoje do rachunku Brethren. — Puścił jej oko. — Skoro jesteś teraz kobietą Drewa i w ogóle.

— Wieści szybko się rozchodzą — mruknęła, zerkając na Drew, gdy otwierała drzwi prowadzące na strzelnicę. — Nie sądziłam, że Bobby jest z Brethren.

— Myślę, że oficjalnie nie może, ale nieoficjalnie? Siedzi po uszy. Nie wiem, czy mają jakiś czat grupowy czy coś — mnie nikt nie zaprosił — ale on i Cash trzymają się dość blisko.

— Kobieta Casha jest kuzynką Bobby'ego — podpowiedziała cicho Liane.

— Aha. — To miało sens.

W tej chwili na strzelnicy nie było nikogo innego. Nie było też prowadzącego strzelanie; Bobby przeszedł ze sklepu, poprosił ich o podpisanie oświadczeń o przyjęciu ryzyka, po czym wskazał stertę nauszników i okularów ochronnych, mówiąc, żeby wzięli, co chcą. Liane ewidentnie była tu stałą bywalczynią: zgarnęła plik papierowych tarcz i poszła w dół osi, wieszając po jednej na każdym z sześciu stanowisk.

Drew wykorzystał czas, by załadować magazynek Glocka, na nowo przyzwyczajając się do krótkich, tępych nabojów dziewięciomilimetrowych po długim okresie, w którym trzymał w rękach tylko naboje do karabinu. *Wybrzydzam jak snob od amunicji* — pomyślał z rozbawieniem, zaraz jednak uśmiech mu zgasł.

Dwadzieścia jardów. To nic. Brylował na szkoleniu strzeleckim u Rangerów, regularnie strzelał z różnych rodzajów broni, żeby utrzymać formę.

A teraz nie był pewien, czy trafi w papierową tarczę o średnicy większej niż stopa, z dwudziestu jardów. A co dopiero w dziesiątkę.

Liane nic nie powiedziała, gdy wróciła do jego boku. Po prostu rozpięła kurtkę, sięgnęła pod spód i wyciągnęła broń z kabury pod pachą.

Spodziewał się, że będzie miała Glocka 19M, standard u agentów ATF, i dokładnie to położyła na blacie, ale... był różowy.

— Różowy — powiedział z niedowierzaniem.

Liane puściła mu oko. — Ładny, prawda?

Nikt by nie podejrzewał, że federalna macha różowym pistoletem. Omal się nie roześmiał.

Liane ładowała broń szybko i sprawnie, choć podejrzewał, że celowo robi to odrobinę niedbale. Bobby wrócił za ladę, ale na strzelnicy były kamery. Kto wie, kto ich obserwuje? Kobieta radząca sobie z bronią to nic niezwykłego. Kobieta, która porusza się, stoi i działa podręcznikowo, „po policyjnemu"? To mogłoby komuś zapalić czerwoną lampkę.

Ponieważ Drew wiedział, na co patrzeć, dostrzegł, jak Liane celowo rozluźnia postawę, przechodzi w lekko niedbały styl, gdy staje na linii. Wypaliła cały magazynek, piętnaście nabojów, równym rytmem: pojedyncze strzały, po każdym odrzucie opuszczała dłoń, metodycznie na nowo składała się do strzału.

Trafiała w tarczę, ale rozrzut był nieregularny, nigdy w dziesiątkę. Podejrzewał, że celowo minimalnie zaniża cel, nie chcąc wypaść zbyt dobrze dla ewentualnych obserwatorów: dość dobrze, by wyglądać na kompetentną i groźną, ale nie na wyszkoloną.

Gdy dobiła do końca magazynka, wyrzuciła go i położyła broń na blacie, po czym odwróciła się do Drewa, jej niebieskie oczy spokojne za przejrzystymi okularami ochronnymi. — Następna tarcza jest twoja.

— Nie... — urwał. — Nie wiem, czy w ogóle ją trafię — dodał po chwili cicho.

— Gówno mnie obchodzi, czy myślisz, że trafisz ją teraz, do czasu, gdy stąd wyjdziemy, *będziesz* w stanie.

Drew rozszerzył oczy ze zdumienia, gdy Liane podeszła bliżej i przemówiła niskim, intensywnym tonem.

— Jesteś tu moim wsparciem, Drew Murphy. Jak gówno trafi w wentylator, muszę mieć pewność, że będziesz mnie krył. Włącznie z ściąganiem ludzi z mojego karku, jeśli zajdzie taka potrzeba — i zastrzeleniem ich, jeśli do tego dojdzie. Do strzelania z pieprzonego pistoletu nie potrzebujesz dwojga oczu, więc podnieś tę broń i zacznij strzelać.

Dłonie Drewa zaczęły się poruszać, zanim jeszcze skończyła mówić. — Brzmisz jak mój stary sierżant z czasów szkolenia podstawowego — ponarzekał, choć porównanie było absurdalne. Sierżant Diaz był dwa razy większy od Liane. Ton jednak był ten sam: spokojny, absolutnie niewzruszony w przekonaniu, że rozkazy zostaną wykonane. Sierżant Diaz nigdy nie musiał krzyczeć, by postawić na swoim, i Liane też nie musiała.

— Nie obchodzi mnie, nawet jeśli przepalimy całe te cztery pudła amunicji — powiedziała cicho, gdy wsunął załadowany magazynek do pistoletu, a jego dłonie lekko drżały z nerwów. — Nie obchodzi mnie, jeśli będziemy musieli kupić kolejne cztery. Albo osiem. Załapiesz to, Drew. Musimy tylko przeuczyć twoje odruchy.

Nie zajmie to czterech pudełek, oceniła Liane, gdy zaczął strzelać. Owszem, czasem pudłował, ale niewiele. Kiedy przymknął to gorsze oko i skupił się, poprawa była dramatyczna. Oparła się o blat i patrzyła w milczeniu. Bez wątpienia miał na strzelnicy więcej godzin niż ona; udzielanie mu rad byłoby obraźliwe. Sam do tego dojdzie.

Nawet jeśli zajmie to cztery pudełka.

Drew wpakował w pierwszą tarczę zawartość trzech magazynków, zanim przeszedł do drugiej, i od razu Liane zobaczyła, że załapał. Tym razem nie spudłował ani razu. A kiedy doszedł do ostatniej tarczy, wszystkie przestrzeliny skupione były w ciasnej grupie, nie większej niż jej dłoń.

Zobaczyła, jak opadły mu ramiona, gdy zabezpieczył broń i odłożył ją na blat, a potem odwrócił się do niej z uśmiechem unoszącym kąciki ust.

— Dzięki. Najwyraźniej potrzebowałem kogoś, kto skopie mi tyłek.

— Straciłeś werwę. Każdemu się zdarza — powiedziała łagodnie. — Utrata wzroku w tym oku to cholernie ciężka sprawa do przejścia. Ale jeśli będziesz sobie wmawiał, że nie dasz rady, nigdy nie dasz rady. Przegrywasz, zanim zaczniesz.

— Tak sobie radzisz... z tym, co robisz?

— Wiara w siebie? To jedyny sposób, żeby przetrwać w mojej robocie. — Zsunęli ochronniki słuchu na szyje i rozmawiali cicho, niemal nos w nos. Dla każdego, kto patrzyłby na obraz z kamer, wyglądałoby to jak intymna rozmowa kochanków. — Zrobiłam różnicę. Zrobiłam rzeczy, z którymi nikt z zewnątrz by sobie nie poradził. I zrobię to znowu. — Delikatnie dźgnęła go palcem w środek klatki piersiowej. — Ty też.

Zapadła krótka, elektryczna cisza. Drew uniósł jej dłoń, oplecioną jego palcami. Przyłożył ją do ust i musnął czubki palców.

Liane wzięła głęboki, powolny oddech. W myślach rozważyła plusy i minusy.

Szala mocno przechyliła się na plus.

— Powinniśmy wrócić do mnie.

Brwi Drewa poszybowały w górę. — Żeby... pogadać?

— Możemy i pogadać, jasne. Ale liczyłam, że będziesz otwarty na coś więcej.

— To... — zawahał się, jakby przesiewał w głowie kilka słów, zanim wybrał właściwe — osobista decyzja?

— Tak. — Uśmiechnęła się do niego szeroko. — Nie ma przeciw temu żadnych przepisów, jeśli o to pytasz. Nikt mi też nie kazał cię uwodzić ani nic w tym stylu. Móc spuścić gardę przy kimś to rzadkość. Móc zrobić to z kimś, kto i w normalnym życiu bardzo by mnie pociągał? Prawie niemożliwe. Możesz oczywiście odmówić... ale obojgu nam by się przydało spuścić trochę pary.

— Czyli to by było... tylko rozładowanie wzajemnego napięcia?

— Jeśli chcesz to tak nazwać, jasne. — Liane wzruszyła ramionami, ignorując natrętny głosik gdzieś z tyłu głowy, który szeptał o angażowaniu się. — Nie obiecam ci białego płotka przed domem. Ty też nie. Bardzo możliwe, że kiedy to się skończy, już nigdy się nie zobaczymy.

— Rozumiem. — Spojrzał jej głęboko w oczy, po czym jakby podjął decyzję. — Tylko żebyś wiedziała: gdyby to miało cokolwiek wspólnego z naszym prawdziwym życie m... pewnie myślałbym z nadzieją o tych białych płotkach. Ale skoro nie ma, z przyjemnością przyjmę twoją propozycję.

Głosik w jej głowie robił się coraz głośniejszy, ale Liane uparcie go ignorowała. Stając na palcach, objęła Drew za kark, przyciągając go do siebie.

Ten pocałunek nie był na pokaz. Nie był próbą. Nie był niepewny. Był głęboki i głodny od samego początku — dwoje ludzi, którzy nie mieli ujścia dla głęboko skrywanych namiętności, znalazło je w sobie nawzajem.

Drew wydał stłumiony odgłos, ale to nie był protest, bo gdy odsunęła się, by na niego spojrzeć, pokręcił głową i przyciągnął ją z powrotem. Mrucząc pod nosem jej imię.

Minęło bardzo, bardzo dużo czasu, odkąd pocałunek mężczyzny sprawił, że Liane aż zwinęły się palce u stóp, a brzuch ścisnął się z ekscytacji. Przez krótką chwilę zapomniała, gdzie są, zapomniała o wszystkim poza gorącem jego ust na swoich i zwartą smukłością jego ciała, gdy jej dłonie błądziły po jego klatce.

A potem palce natrafiły na brzeg jego skórzanej kamizelki i odruchowo się cofnęła.

— Chcę to zdjąć — powiedział Drew nisko, nagląco. — To nie to, kim jestem.

— Wiem. — I wiedziała; ta kamizelka była dla niego jak mundur i póki ją nosił, musiał zachowywać się w określony sposób, grać swoją rolę. — U mnie.

— Tak.

Pozbierali broń i niewykorzystane naboje, zebrali łuski, wyrzucili podziurawione tarcze, niewiele ze sobą rozmawiając — po prostu sprawnie działając, chcąc jak najszybciej się stamtąd wydostać. Drew zatrzymał się jeszcze w sklepie, żeby szorstko podziękować Bobby'emu i wybrać kaburę pod pachę do nowej broni; na chwilę zdjął barwy, żeby dopasować kaburę ciasno do ciała.

— To nie jest dokładnie szybkie dobycie, ale nie będę, do diabła, pchał tego cholerstwa w spodnie i strzelał sobie w tyłek — mruknął Drew, zapinając z powrotem barwy i obmacując boki, sprawdzając, czy broń nie odznacza się zbytnio.

Liane zakryła usta, starając się nie parsknąć na obraz, który przywołały jego słowa. Wiedziała, że mówi o Gerrym, który faktycznie zawsze trzymał broń wsadzoną z tyłu za pasek, często łatwo widoczną, gdy się poruszał. Tyle razy korciło ją, żeby mu ją po prostu buchnąć, ale Gerry nie był typem, któremu mądrze robić psikusy. Pewnie uznałby, że próbuje z nim flirtować.

ROZDZIAŁ DWUNASTY

DROGA Z POWROTEM DO przydrożnego baru wiodła obok liceum, gdzie Liane zauważyła kilka radiowozów z biura szeryfa stojących przy bramie i śliczną blondynkę w stroju cheerleaderki, którą wyprowadzano w kajdankach. Ukryła uśmiech, przyciskając twarz do pleców Drew, gdy przejechali obok z rykiem.

— Czy to była ta, o której myślę, że ją właśnie zgarnęli? — zapytał Drew, gdy zaparkowali motocykl i ruszyli do jej mieszkania nad barem.

— Nie mam pojęcia, o kim możesz mówić — odparła Liane cnotliwie i zupełnie niezgodnie z prawdą.

Drew zmierzył ją cynicznym spojrzeniem. Odpowiedziała niewinnym uśmiechem.

— Hm. — Wyjął telefon. — Lepiej to zgłoszę. Bo inaczej dojdzie wieść, że przejechałem obok, i wtedy spytają, czemu *nie* zgłosiłem.

— Oczywiście. — Wyjęła klucze i otworzyła drzwi do mieszkania. Drew spojrzał na ciężkie drzwi z trzema oddzielnymi ryglami, unosząc brwi, ale nie skomentował.

Była samotną kobietą mieszkającą nad przydrożnym barem. Całkiem logiczne było, że poważnie traktuje własne bezpieczeństwo.

Wskazując Drew kanapę, poszła do kuchni, by uruchomić ekspres. Choć na dół do baru nie musiała schodzić wcześniej niż około szóstej, potem szykował się długi wieczór. Będzie potrzebowała kawy, żeby przez to przebrnąć.

— Tak, jestem prawie pewien, że to była dziewczyna Kaleba — usłyszała za sobą głos Drew. — Biuro szeryfa. Nie, nie widziałem nic, co wyglądałoby na wóz federalnych. Skąd mam wiedzieć? Dziewczyna jest cheerleaderką. Jasne, że ma wrogów. Pewnie ktoś na nią doniósł.

No cóż, to rzeczywiście mógł być jakiś kujon, którego ładna cheerleaderka i jej koleżanki dręczyły, pomyślała Liane. To było zupełnie wiarygodne.

— Skąd, do cholery, mam wiedzieć. Spytaj ją, albo niech zapyta ją twój prawnik! Pewnie jakiś chłopak chciał ją zabrać na potańcówkę, a ona go spławiła! Kto to, do diabła, wie? — w głosie Drew narastało poirytowanie. — Zadzwoniłem, bo pomyślałem, że może sam zechcesz powiedzieć o tym Kalebowi. Mam przyjechać?

Najwyraźniej usłyszał przeczącą odpowiedź, bo jego ton się wyciszył, a gdy Liane nalała dwie filiżanki kawy, skończył rozmowę i stanął w progu kuchni, przyglądając się jej.

Nie tracił czasu — Liane zauważyła, gdy się do niego odwróciła — zdążył już zrzucić kamizelkę z barwami, a także odpiąć kaburę i odłożyć broń. Czarny T-shirt czule przylegał do jego szczupłej, mocnej sylwetki, bicepsy potężnie uwypuklały się w rękawach.

— Kawa? — zapytała, świadoma, że pożera go wzrokiem. I że on to widzi.

— Szczerze? Niekoniecznie. — Ruszył ku niej miękkim, pewnym krokiem drapieżnika.

Liane oblizała wargi.

— Byłem dość pewien, że zapraszałaś mnie tu na coś innego niż kawa. — Zaczepił kciuki o szlufki spodni i zastygł, czekając. Czekając, aż ona zrobi pierwszy ruch.

Jego cierpliwość była jedną z najseksowniejszych rzeczy w nim, przyznała Liane w duchu. Tyle facetów bywa nachalnych albo uważa, że jak dasz palec, to wezmą całą rękę. Może to przez szkolenie snajperskie. Te wszystkie niekończące się godziny czekania. Wyglądał na kogoś, kto bez problemu odwróci się i wyjdzie, jeśli powie, że zmieniła zdanie.

Nie zamierzała zmieniać zdania. Może zostaną im tylko te skradzione chwile, ale zamierzała je wziąć i być wdzięczna. Sięgnęła, chwyciła jego koszulkę oburącz i szarpnęła w górę.

Drew zrozumiał natychmiast, zrywając koszulkę przez głowę i odrzucając ją.

Cóż, zdecydowanie nie zapuścił się po zwolnieniu z Rangersów z powodów zdrowotnych. Jeśli miał choć gram zbędnego tłuszczu, nie widziała go. Był szczupły i twardy, na piersi kręciły się ciemne włosy, które cienką strużką opadały strzałką aż do paska.

Bywała z facetami w formie z siłowni. Z kilkoma agentami, którzy dbali o kondycję. Ale nie tak, nie w formie specjalsa. Sięgnęła, niemal z zachwytem dotykając go i śledząc palcami ośmiopak — ośmiopak! — idealnie wyrzeźbionych mięśni brzucha.

Ciepła dłoń uniosła się, by złapać jej rękę i przycisnąć do jego skóry, a drugie ramię oplotło ją wokół.

— Twoja pewność siebie jest cholernie seksowna — powiedział Drew niskim, chrapliwym głosem. — Nie mogłem oderwać od ciebie wzroku jeszcze zanim wiedziałem, że jesteśmy po tej samej stronie.

— To samo — przyznała, po czym uniosła się i pocałowała go.

Gdy był bez koszulki, mogła dłońmi badać cały ten apetyczny tors, podczas gdy ich języki mierzyły się ze sobą, najpierw lekko, potem głębiej, łapczywiej.

Drew wydał z gardła dziki odgłos i nagle wsunął dłonie pod jej tyłek, podniósł ją i posadził na blacie, tak że ich usta znalazły się dokładnie na tym samym poziomie.

Instynktownie Liane rozchyliła nogi, oplotła je wokół jego bioder i przyciągnęła go blisko, tak że zetknęli się piersią o pierś. Od razu wiedziała, że to za mało, że potrzebuje skóry do skóry; odsunęła się więc i zaczęła gorączkowo rozpinać kurtkę i zdzierać ją z siebie. Guziki koszuli nie chciały puścić; jeden odskoczył i parsknęła śmiechem.

— Pomocy!

— Już mam. — Jego dłonie były ciepłe i pewne, gdy przejął zadanie, wyswobadzając guziki i zsuwając koszulę z jej ramion.

— Szkoda, że nie założyłam ładniejszej bielizny — poskarżyła się Liane, zerkając na prosty czarny bawełniany stanik.

— Liczy się to, co w środku. — Uśmiechnął się łobuzersko, gdy jego dłoń sięgnęła za jej plecy i sprawnie odpięła haftkę.

— Tego też dużo nie ma!

— Co więcej niż garść, to się marnuje, tak uważam. — Stanik poleciał na bok, a on wypełnił dłonie i pochylił się, by znów ją pocałować.

Był twardy jak skała, ciężki pręt napierał na nią przez warstwy ubrań. Wciąż jej było mało — tarcia, jego smaku. Przejechała tępymi paznokciami po jego plecach, wyrwała usta z jego ust. — Sypialnia. A właściwie najpierw łazienka. Prezerwatywy są w szafce.

— Wskaż mi kierunek. — Podniósł ją, bez trudu biorąc na siebie jej ciężar.

Mimo to zacisnęła nogi na jego biodrach, trochę bojąc się, że ją upuści. — Przez te drzwi, a potem następne w korytarzu.

— Trzymam cię. — Nie wyglądał, jakby miał z tym jakikolwiek problem, nawet uwolnił jedną rękę, by nacisnąć klamkę do sypialni, po czym ułożył ją na łóżku. — I... łazienka?

— Tam. Są w szafce nad umywalką.

Wrócił po chwili, odłożył pudełko na stolik nocny obok czytanej przez nią książki, zerkając na okładkę z uśmiechem. — Andy Weir? Jakoś nie brałem cię za fankę science fiction.

— Dobrze opowiada. Zamknij się o moim guście i zdejmij te dżinsy. — Nie próżnowała, gdy go nie było: już zrzuciła buty i skarpetki, teraz dobierała się do paska.

— Tak jest, proszę pani.

— I tylko nie mów do mnie w ten sposób! Nie jesteśmy w wojsku i nie masz rozkazów! — Śmiała się, i on też, gdy odpinał pasek.

— Co, nie chcesz wydawać mi rozkazów? — Był swobodny, a ona była tym kompletnie zauroczona.

I, musiała przyznać, cholernie ją to podniecało. Oboje byli już nadzy, a Drew wsparł kolano na łóżku i wpełzł nad nią, najpierw całując ją długo i powoli, potem zsunął się niżej, by poświęcić uwagę jej piersiom, całując, liżąc i ssąc sutki, aż przewróciły jej się oczy, a z ust wyrywały się ciche, desperackie jęki.

Twarda postawa Liane topniała w łóżku, pomyślał Drew, pieszcząc ją i podziwiając jej ciało — szczupłe i silne. Ciało kobiety, która ciężko pracuje, i dłonie, które to potwierdzały: krótkie, postrzępione paznokcie, tu i ówdzie zadrapania i nacięcia, stwardniała skóra na dłoniach. Piersi miała małe, ale pięknie ukształtowane, sutki jędrne i soczyste, w jego ustach twarde czubki. Uśmiechnął się pod nosem, zjeżdżając niżej, gdy natrafił na kępkę blond, która zdecydowanie nie pasowała do czarno-fioletowych włosów na jej głowie.

— Naturalna blondynka?

— Ciii, nikomu nie mów. To tajemnica.

Oboje znów wybuchnęli śmiechem.

Cholernie ją lubił. Lubił jej rzeczowość i cięty dowcip, suche poczucie humoru i gotowość, by śmiać się z samej siebie. Wiedział już, że puszczanie jej będzie piekłem, ale jasno dała do zrozumienia, że może mu zaoferować tylko kilka fizycznych spotkań, a on i tak czuł się szczęściarzem, że dostaje choć tyle.

Teraz był zdeterminowany, by miała naprawdę cholernie dobry czas, więc przesunął się jeszcze niżej, aż leżał między jej udami, z jej nogami na swoich ramionach, twarzą zanurzoną w jej kroczu; język pracował wolno i delikatnie, pieszcząc jej łechtaczkę. A przynajmniej próbował być wolny i delikatny, ale to nie trwało długo, bo Liane zacisnęła mu nogi na karku, chwyciła garść jego włosów i ponagliła:

— Więcej!

Dał jej to, dodając palec, wsuwając się do jej wnętrza, już śliskiego i tak gorącego. Drugi palec i jęknęła, biodra uniosły się nad materac, wtaczając się w rytm pchnięć jego palców. Przesunął kciuk między miękkie płatki jej warg sromowych, muskając spód łechtaczki, podczas gdy język pracował u góry.

— O kurwa. Tak. Tak, nawet się nie waż przestawać, ach, tam, *właśnie tam*!

Niedługo potem Liane niemal już wydzierała z siebie żądania, a on nie miał zamiaru jej zawieść. Pracował dalej — język tańczył, palce pompowały — aż poczuł charakterystyczne drżenie i zacisk jej wnętrza, a wtedy zwolnił, nie przestając całkiem, tylko gładząc ją przez to, przedłużając jej orgazm.

— *O cho*-lera — wyszeptała Liane zachrypniętym głosem parę minut później.

— W porządku? — Cofnął się nieco, z lekkim uśmieszkiem, ale trudno było nie czuć satysfakcji, skoro właśnie przyszła mocno na jego palcach i języku.

— Uff. — Wpatrywała się w sufit, szybko oddychając, wciąż mocno ściskając jego włosy. — Za chwilę będę. Chodź tu. — Jej palce puściły, dłoń opadła, klepiąc miejsce obok. — Przytulenie byłoby miłe.

— Przytulanie brzmi fantastycznie. — Szczerze nie pamiętał, kiedy ostatnio z kimkolwiek się tak tulił. Ułożył się na boku obok niej, lekko objął talię, a gdy odwróciła się twarzą do niego i dopasowała ich ciała, przycisnęła twarz do jego szyi.

Czuł, jak wciąż wali jej puls, skóra była gorąca, delikatnie spocona. Jedna dłoń przesunęła się po jego biodrze, wcisnęła między nich.

— Nie ma pośpiechu — powiedział, ale urwał słowa stłumionym jękiem, gdy owinęła dłoń ciasno wokół jego kutasa i *ścisnęła*.

Był już twardy. Jej silny, pewny uścisk błyskawicznie doprowadził go niemal na skraj eksplozji. — Dobra, teraz to *już* mi się spieszy.

Zaśmiała się nisko, pewnie. — Sięgnij po te prezerwatywy, żołnierzu. Za chwilę muszę wracać do pracy.

Drew wolałby zostać z nią w łóżku cały dzień, kochając się i powoli badając ich więź, ale posłuchał, sięgając nieco drżącą ręką.

Liane przejęła od niego kondoma i sprawnie naciągnęła, po czym popchnęła go na plecy i usiadła okrakiem na jego biodrach. Nawet przez chwilę nie miał zamiaru protestować; podziwiał ją, gdy uniosła się i ustawiła nad nim, wprowadzając czubek jego kutasa do środka, po czym znieruchomiała.

— Ja pierdolę — mruknął Drew, czując suchość w gardle. Chłonął ją wzrokiem — tę piękną, pewną siebie, silną kobietę, która bez wahania mówiła, czego chce, i brała to.

Była piekielnie seksowna i użył całej woli, by leżeć spokojnie i pozwolić, żeby to ona nadawała tempo, a nie pchnąć biodrami i wejść w nią głęboko. Zrobił jej dobrze, była mokra, ale on mały nie był i nie chciał jej zranić.

— Cholera — wymamrotała Liane, opadając na niego wolno i miękko. Jej uda zadrżały, gdy Drew położył na nich dłonie, i zrozumiał, że nie była tak wyluzowana, jak udawała.

— Spokojnie — szepnął.

— Jestem taka pełna — wydyszała, pół śmiejąc się.

— Spoko, nie spiesz się.

— Ale nie chcę! Jest tak dobrze. — Zakołysała się i zsunęła ostatni centymetr. Ich krocza zetknęły się.

Drew nie zdołał powstrzymać jęku, który się z niego wyrwał, ani rozpaczliwej potrzeby ruchu. Poderwał się w górę, spinając mięśnie brzucha zamiast pchać biodra. Zachłannie szukał jej ustami, schwytał jeden z nabrzmiałych sutków i mocno zassał, dłońmi na jej udach zachęcając ją, gdy zaczęła kołysać się na nim.

— Tak. — Zacisnęła palce na jego ramionach, oparła się na nim i ujeżdżała go jak cholerny mustang, przyspieszając rytm bioder.

Nie zamierzał wytrzymać długo, ale całe szczęście wyglądało na to, że Liane również dba o własną przyjemność, bo akurat gdy poczuł, jak fajerwerki startują mu w kręgosłupie, ona zastygła i westchnęła, pochylając się i dociskając ich mocno do siebie.

— *Kuuurwa!* — Drew niemal to wykrzyczał, gdy orgazm wyrwał się z niego. Kurczowo trzymał się Liane, nie do końca pewien, gdzie kończy się on, a zaczyna ona, gdy razem drżeli.

Ona opadła na niego, nagle bezwładna, a on cofnął się na poduszkę.

— Nie spodziewałam się, że to będzie aż tak dobre — wymamrotała Liane w jego pierś.

— To było... — Nie potrafił znaleźć słów, które by to opisały. Określenie spektakularne brzmiało zbyt blado. W końcu ograniczył się do: — Wow.

Zachichotała, a delikatny, wewnętrzny skurcz sprawił, że znów przewróciły mu się oczy. — To w zasadzie wyczerpuje temat, no.

Leżeli splątani, wciąż ciężko oddychając, przez kilka minut. Drew z chęcią zostałby tak do końca dnia, ale Liane wreszcie westchnęła i odsunęła się, zsunęła z niego.

— Muszę wziąć prysznic.

— Chcesz, żebym poszedł?

— Nie musisz się spieszyć. — Machnęła na niego ręką. — Zostań chwilę. Szkoda, że nie mogę zostać z tobą, ale zaraz na dole zacznie się ruch.

— Powinienem wrócić do Bulla. Kazał mi zrobić trochę serwisu przy jego vanie.

Liane zatrzymała się w pół kroku do łazienki. — Tak? Rzadko korzysta z tego vana. Ma jakieś plany?

— Jeszcze mi nic nie zdradził, ale mówił, że za parę dni będę miał dla niego sprawę do załatwienia. — Drew usiadł, patrząc na nią. — Masz jakiś lokalizator albo coś, co chcesz, żebym założył na auto?

— Mam kogoś, kto śledzi twój telefon — powiedziała. — Dali ci bardzo podstawowy model, ale i tak musi pingować stacje bazowe. Lokalizator w vanie byłby zbyt ryzykowny, myślę. Brethren może i zachowują się prostacko, ale są technologicznie bardziej ogarnięci, niż byś przypuszczał. Cash ma dyplom z inżynierii elektrycznej.

— Cholera — powiedział Drew, wcale się zresztą szczególnie nie dziwiąc. Sekretarz klubu był cichy, ale w jego oczach zawsze kryła się kalkulacja, a Bull ufał mu bardziej niż komukolwiek, nawet własnemu siostrzeńcowi Kalebowi. — No. Mógłby wykryć lokalizator.

— Cokolwiek to będzie, jeśli tylko dosłownie nie każą ci kogoś zabić, po prostu to zrób. Wiem, że to idzie wbrew tobie, żeby przewozić broń czy narkotyki, ale to będzie test. Nie zaufają ci przy niczym dużym, dopóki nie udowodnisz się na drobiazgach. Cokolwiek to będzie, potem zamelduj mi i przekażemy to moim szefom, niech zdecydują, co z tym zrobić.

— A jeśli dosłownie każą mi kogoś zabić? Wiedzą, że byłem snajperem. I nie oszukuję się — snajper to tylko inne słowo na rządowo usankcjonowanego zabójcę. Nie mają już Manhunters, żeby sprzątać po nich bajzel.

Liane skrzywiła się na wzmiankę o gangu seryjnych morderców, usiadła z powrotem na skraju łóżka. — Myślę... zagraj to dokładnie tak. Powiedz im, że rzuciłeś robotę zabójcy i nie pali ci się, żeby wracać do gry. Bądź butny. Zapytaj, czy wpakowują cię w zarzut morderstwa. Powiedz temu, kto wyda rozkaz, żeby sam odwalił swoją pieprzoną brudną robotę. Praca pod przykryciem sporo wybacza, ale nie morderstwo. Co innego samoobrona, oczywiście.

— A ty? — zapytał, zaciekawiony.

— Zabiłam w samoobronie? Tak. Dwa razy. Byłam też przy kilku akcjach agencji, gdzie wszystko poszło źle i poszły strzały, i wtedy też strzelałam do przestępców. — Jej niebieskie oczy były spokojne. — Nie musisz się martwić, że zawaham się pociągnąć za spust, jeśli do tego dojdzie.

— Po tym, jak widziałem cię na strzelnicy, nie miałem wątpliwości.

— Oboje wiemy, że strzelnica to nie życie.

Skinął głową na znak, że przyjmuje to do wiadomości, a ona odpowiedziała tym samym, po czym wstała i weszła do łazienki. Rozległ się szum prysznica, a Drew znów ułożył się na plecach, rozważając to, co powiedziała. Przerabiał w głowie kilka scenariuszy i planował, co mógłby powiedzieć, jeśli Bull faktycznie wyda mu rozkaz, którego nie będzie w stanie wykonać.

ROZDZIAŁ TRZYNASTY

WRACAJĄC Z ŁAZIENKI, WYCIERAJĄC włosy ręcznikiem, Liane przystanęła na moment, by nacieszyć oczy nagim mężczyzną w jej łóżku. Leżący z rękami za głową, wpatrzony w sufit, Drew był widokiem, od którego trudno się było oderwać.

— Chcesz coś zjeść? Miałam sobie machnąć szybką kanapkę, zanim zejdę na dół.

— Brzmi dobrze — przytaknął, zerkając na nią, po czym podniósł się, żeby sięgnąć po ubrania. Te, które akurat były w sypialni. Uśmiechnęła się na wspomnienie, jak zdzierała z niego koszulę w kuchni.

Drew przyglądał jej się, gdy się ubierała, a Liane się z tym nie spieszyła, celowo grzebiąc w szufladzie z bielizną w poszukiwaniu czegoś ładniejszego niż zwykła czarna bawełna. Nie znalazła nic do kompletu... ale trafiła na białe jedwabne figi typu boyleg i jasnoniebieski, koronkowy stanik, a wyraz twarzy Drew, gdy je wkładała, sprawił, że wysiłek się opłacił.

— Schowaj język — droczyła się, wyciągając z szuflady czyste dżinsy. — Nie mam czasu.

— Mhm.

Wciąż się gapił i było to piekielnie satysfakcjonujące. Liane nie brakowało męskiej uwagi — nie tylko natrętny Gerry; w Redstone Creek było sporo facetów, którzy próbowali ją wyrwać — ale prawie zawsze miała wrażenie, że bardziej pociąga ich jej pozycja odnoszącej sukcesy właścicielki firmy niż ona jako kobieta.

Docenienie w oczach Drew dotyczyło wyłącznie jej jako kobiety i wywołało w jej piersi osobliwe, całkiem nieznane dotąd ciepło.

Celowo odwróciła twarz i dokończyła się ubierać. *Nie możesz sobie pozwolić, żeby emocje się tu wtrącały*, zganiła się w duchu. *To tylko seks, sama tak powiedziałaś. Spuszczenie pary, rozładowanie napięcia z jedynym facetem w tym miasteczku, któremu naprawdę możesz zaufać.*

Mimo to nie potrafiła powstrzymać tych cholernych motyli w brzuchu, kiedy złapał ją za łokieć i przyciągnął, by złożyć na jej ustach długi, gorący pocałunek, po czym puścił i poszedł do kuchni szukać reszty swoich ubrań.

Liane wypuściła powietrze. Osunęła się plecami na ścianę, po czym potrząsnęła głową. — Weź się w garść, dziewczyno — mruknęła. — Już jesteś na ostatniej prostej. Nie daj się rozproszyć.

Krok po kroku. Rozłożyć zadania przed sobą na mniejsze, wykonalne elementy. Skompartmentalizować. Wepchnąć gdzieś te skomplikowane, brudne emocje, z którymi teraz i tak nie miała jak się zmierzyć.

Kiedy ty w ogóle masz warunki, żeby zająć się swoimi emocjami? zapytało cichutkie, suche w tonie echo w jej głowie.

Brzmiało jak głos jej dawno zmarłej siostry.

— Zamknij się, Kels — szepnęła Liane.

Przestań żyć swoim życiem dla mnie i zacznij żyć dla siebie, Lee. Zacznij żyć swoim życiem.

— Ja nawet nie wiem, jakie jest moje życie — wymamrotała pod nosem. — Jestem agentką pod przykryciem. I tyle.

A jednak kiedy opuściła sypialnię i wróciła do kuchni, kątem oka dostrzegła Drew, który usiadł przy stole i wkładał buty, a jej serce zrobiło dziwny podskok.

Może to po prostu ten cholerny zegar biologiczny. Wybieram porządnego ogiera na ojca moich dzieci. I skąd u licha taki pomysł?

Liane pokręciła głową, pół rozbawiona samą sobą. O dzieciach nie pomyślała nawet przez sekundę aż do tej chwili.

— Podzielisz się żartem? — zapytał zaciekawiony Drew.

— Przelotna myśl. — Otworzyła lodówkę, wyjęła paczkę indyka, trochę sera szwajcarskiego i worek mieszanki sałat. — Kanapka z indykiem?

— Brzmi dobrze.

— Musztarda, majonez czy oba?

— Zdecydowanie oba, proszę.

Dodała po ogórku kiszonym i garści chipsów ziemniaczanych na bok każdego talerza, a on jej podziękował, kiedy postawiła jeden przed nim.

— Mrożona herbata? Prawdziwa słodka. Sama robię — zaoferowała Liane, a gdy spojrzał na nią spode łba, dodała:
— Serio.

— Dziewczyna z Georgii — mruknął.

— Właściwie z Wirginii. Babcia faktycznie jest z Georgii, ale moje południowe nawyki są wirgińskie. Tam dorastałam — choć moja legenda mówi, że jestem z Detroit.

— Masz jeszcze rodzinę w Wirginii?

— Mamę. Kilka lat temu rozstała się z ojcem. On pracuje w Departamencie Stanu, przyjął wygodną posadkę, żeby kierować konsulatem USA w Barcelonie w Hiszpanii. Mama kiedyś była lobbystką, ale przeszła na emeryturę. Nie zwalnia jednak tempa. Wykupiła udziały w studiu jogi prowadzonym przez jej wieloletnią instruktorkę.

— Rodzeństwo?

— Jedna siostra. Gdzieś w Dolinie Krzemowej.

Drew uniósł brwi. — Gdzieś?

— Ona jest w tym trochę tajemnicza. Pracowała w NSA — jest komputerowym geniuszem. Ale zwerbowali ją do jakiejś prywatnej grupy ochroniarskiej i przeniosła się do ich siedziby w Kalifornii.

— Brzmi jak ktoś bardzo przydatny do poznania. Zwłaszcza przy podejrzeniach o wycieki w jednej lub drugiej z zainteresowanych agencji w tej sprawie.

Ten komentarz uderzył Liane jak grom z jasnego nieba. *Oczywiście.* Ostrożnie podchodziła do przekazywania przełożonej pewnych szczegółów, na wypadek gdyby jej przykrycie miało zostać spalona. Ale Jessikah — Jessikah była kimś, komu Liane mogła zaufać bez zastrzeżeń, i nie obowiązywały jej procedury agencji. Może *to ona* mogła ustalić, skąd dokładnie pochodzi wyciek. Pomóc go zatkać, zanim ktoś jeszcze ucierpi.

— Muszę lecieć — powiedział Drew, wstając. — Dzięki za kanapkę.

Jadła mechanicznie, gapiąc się w przestrzeń, myśląc o tym, jak skontaktować się z Jessikah. Potrzebowała nowego telefonu. Jednorazówki. Ale smartfona, takiego, którym da się wysyłać e-maile. Zły pomysł kupować go w Redstone Creek, gdzie kto wie, kto patrzy, ale raz na miesiąc zjeżdżała do Coeur d'Alene po zaopatrzenie do zajazdu, którego lokalnie trudno było dostać. I tak już się jej zbliżał termin.

— Do zobaczenia niedługo. — Drew pochylił się, żeby ją pocałować, a ona uniosła rękę i musnęła jego policzek.

— Uważaj na siebie.

— Zawsze. Ty też. — Przeciągnął palcami po jej włosach, kradnąc jeszcze jeden pocałunek, zanim wyszedł. Liane wstawiła talerze do zmywarki, wciąż myśląc o tym, jak skontaktuje się z siostrą i czego dokładnie poprosi Jessikah, by dla niej zrobiła.

— Dobrze, że wróciłeś. — Bull wyszedł z domu, gdy Drew zatrzymał się przed garażem.

— Pomyślałem, że dziś wieczorem dokończę wymianę oleju. — Drew skinął z szacunkiem.

— To zrób, a potem mamy robotę. Zapukaj do drzwi, jak skończysz.

Jaką robotę? zastanowił się Drew. I tylko on i Bull? To się nie zdarzało. Kaleb zawsze był w pobliżu. Wzruszył jednak posłusznie ramionami. — Tak jest, szefie.

— Wciąż nie wykorzeniłeś tych wojskowych nawyków, co? — Bull szczerzył zęby i splunął w kurz. — Nie mam nic przeciwko, żebyś mówił do mnie „szefie". I tak więcej szacunku niż u niektórych chłopaków.

Drew nic na to nie powiedział. Wyłapał pułapkę. Skomentuj któregoś z pełnoprawnych członków Brethren, a uznają cię za zdrajcę. Nie jego rola, póki wciąż był tylko prospektem.

— Zabieram się do roboty. Potrzebujesz czegoś jeszcze?

— Możesz posprzątać kabinę kierowcy. Z zewnątrz nie dotykaj. Ani niczego z tyłu.

— Jasne. — I znowu, Drew nie zadawał pytań, a Bull skinął zadowolony, z satysfakcją na ustach.

Nieco ponad godzinę później Drew zapukał w wewnętrzne drzwi prowadzące do domu i zawołał: — Skończyłem!

— Idę — odkrzyknął Bull i pojawił się kilka minut później, wciągając na siebie barwy. — Na motocykl. Mamy robotę.

— Zabieramy Kaleba?

— Nie dziś.

Bull nie powiedział nic więcej, a w brzuchu Drew zawiązał się twardy supeł niepokoju, gdy jechał za prezesem Brethren przez ciemniejące ulice do domu Casha, gdzie zastali Casha i Gerry'ego czekających na nich. Nikt się nie odezwał, tylko odpalili motocykle, a Bull znów wyjechał przodem.

Przez krótką chwilę Drew myślał, że jadą do zajezdnego baru, ale skręcili na parking kawałek dalej przy ulicy, do warsztatu, w którym Brethren czasem robili większe naprawy swoich maszyn.

— O co chodzi? — zapytał Drew, idąc za pozostałą trójką, zsiadając z motocykli i obchodząc budynek od tyłu. Na tyłach stała przyczepa, w środku paliło się światło. — Kto tu jest?

— Tom Salz. — Odpowiedział mu Cash.

— Ten mechanik od motocykli?

— No. — Gerry chrząknął i splunął. — Ten nowy w miasteczku. Ten *drugi* nowy w miasteczku. — Rzucił Drew spojrzenie spode łba.

— Drew jest rękojmią, Gerry. Jest rodziną. Kuzyn Jacoba. — Bull popchnął Gerry'ego niezbyt przyjaźnie, gdy podchodzili do przyczepy. — A Tom? Mechanik motocyklowy takiej klasy nie zjawia się i nie osiada w takim zadupiu jak Redstone Creek. W dużym mieście jest za dużo pieniędzy. Nie powinno go tu być.

— Nie kumam — powiedział Drew, udając głupa, gdy Gerry załomotał w drzwiczki przyczepy.

— To pieprzona wtyka. Tajniak z federalnych. Wiemy, że w mieście jest jeden. Wczoraj to potwierdziliśmy. To musi być on. Więc damy mu znać, że my wiemy, a potem wybierze: wynosi się z miasta przed świtem albo wyjeżdża w sosnowej trumnie.

Drzwi odskoczyły i buchnął z nich zapach marihuany. Drew uniósł brwi. Spojrzał na Bulla.

— Na pewno nie *pachnie* jak federalny — przeciągnął drwiąco. — Na pewno macie właściwego gościa?

— Nie — warknął Gerry, piorunując Drew wzrokiem, ale Bull strzelił go otwartą dłonią w tył głowy.

— Tak. Wynocha, Salz!

— Bull? — Mechanik, chudy, brodaty gość z długimi włosami w skołtunionej kitce i mętnym spojrzeniem kogoś, kto właśnie zaciągnął się sporą ilością zioła, stanął w progu i zamrugał na nich powoli. — Co jest, stary?

— Bierz go. — Bull szturchnął Drew. — Zabieramy go do środka.

Cash już otwierał tylne drzwi warsztatu mechanicznego. Drew tylko przez moment się zastanowił, skąd miał klucze, po czym ruszył do akcji, podszedł, chwycił Salza za kitkę i wywlókł go z przyczepy.

— Hej! — zawył Salz, próbował się wyrwać, ale Drew miał nad nim przewagę pewnie z dwadzieścia siedem kilo czystych mięśni, piętnaście centymetrów wzrostu i cały bagaż szkolenia i doświadczenia bojowego z Sił Specjalnych. Salz nie miał szans.

Cash owinął linę wokół nadgarstków Salza; Gerry ściągnął z sufitu hak na łańcuchu i podwiesili protestującego mechanika, który gwałtownie trzeźwiał, tak że czubkami palców ledwie dotykał podłogi.

— Przerób go. — Bull wskazał na Drew. — Chcę potwierdzenia, z której agencji jest.

Drew mógł tylko mieć nadzieję, że mechanik naprawdę jest agentem, bo inaczej dostanie wpierdol za nic. Przynajmniej Bull wyglądał na skłonnego pozwolić mu wyjechać żywemu z miasta. Powtarzał to sobie, gdy podszedł i wbił pięść w brzuch Salza.

Pół godziny później Salz wyśpiewał całe swoje żałosne życiorysy, z których żaden nie obejmował bycia federalnym. Wręcz przeciwnie. Ukrywał się po tym, jak wpakował się w aferę z gangiem złodziei klasy premium, którzy kradli luksusowe auta i motocykle i wysyłali je za granicę. Salz uciekł przez cały kraj z New Jersey i złapał robotę w Redstone Creek w desperackiej próbie zejścia z radaru służb, które go szukały.

— To nie federalny — powiedział w końcu z obrzydzeniem Cash, patrząc na zawodzącego faceta zwisającego bezwładnie z łańcucha. — Tylko kretyn.

— Co robimy, szefie? — Drew przyjął nonszalancki ton, rozprostowując pięści. Sprawiał wrażenie, że jest gorzej, niż było naprawdę, nie że Salz o tym wiedział. Drew odpuścił uderzenia, które mogłyby zmiażdżyć organy i kości, zostawiając głównie siniaki. Najgorsze, co zrobił, to wybił mu parę zębów.

— Puśćcie go — zdecydował w końcu Bull. — Plan ten sam. — Podszedł i wpatrzył się Salzowi w twarz. — Masz czas do wschodu słońca, żeby się stąd wynieść. A jeśli jeszcze raz zobaczę twoją gębę w moim mieście, pozwolę mu dokończyć robotę. — Skinął na Drew.

— Już mnie nie ma — zasmarkał Salz. — Słowo. Nigdy mnie już nie zobaczycie. Nie wiem, czym wam podpadłem, ale przysięgam, nie jestem żadnym federalnym!

— Taa. Wierzę ci. — Bull brzmiał wściekle. — Opuść go, Cash. Drew. Oczyść go, pomóż mu spakować graty, odprowadź za miasto. Przed świtem.

— Tak jest, szefie.

— Bull — odezwał się Gerry tonem niemal skowytu — zapominasz o czymś. Wiemy, że jest wtyka. Skoro to nie Salz...

— Odpieprz się od tego, Gerry! — Bull wściekle się na niego obrócił. — Wiemy też, że to nie Drew! W tym mieście jest sporo innych osób, którymi może być.

Gerry się cofnął, pomrukując, rzucając w stronę Drew trujące spojrzenia. Drew go zignorował, pomagając Cashowi opuścić Salza i podciągając go, gdy się osunął, zarzucając jego ramię na swój bark.

— No chodź, stary. Musimy cię wyprowadzić z miasta.

— Przed chwilą mnie skopaliście, nie pozwolę wam mi pomagać!

Drew westchnął. — Wykonywałem tylko rozkazy, człowieku. Chodź. Pomogę ci się spakować, inaczej zostawisz więcej, niż byś chciał. Weź też pewnie trochę Tylenolu.

Salz pomrukiwał pod nosem, ale nie próbował się wyrwać, pozwalając Drew odprowadzić się do swojej obskurnej, przesiąkniętej trawą przyczepy.

Zapowiadała się długa, cholernie długa noc, pomyślał Drew, gdy Salz poprosił, żeby podstawił mu ciężarówkę, żeby mógł zacząć ładować rzeczy na pakę. Pozwolił sobie na kilka tęsknych sekund z myślą o Liane, o tym, jaka była niesamowita w jego ramionach tego popołudnia, po czym westchnął i zabrał się do roboty.

ROZDZIAŁ CZTERNASTY

— Hej.

Zajęta układaniem szklanek, gdy wyjmowała je ze zmywarki, Liane nie usłyszała, jak Drew wszedł. Podskoczyła i posłała mu mordercze spojrzenie. Posłał przepraszający uśmiech.

— Przepraszam. Nie chciałem cię przestraszyć.

— Przynajmniej nie potłukłam żadnych szklanek — mruknęła, ale trudno było długo się boczyć, kiedy opierał się o ladę i wyglądał tak przystojnie. Wyszła zza lady, wsunęła ramiona na jego kark i przyciągnęła go do pocałunku. — To co cię tu sprowadza przed otwarciem baru? Widywała go prawie codziennie, choć nigdy nie mógł zostać na noc. Minął nieco ponad tydzień od ich pierwszej wspólnej nocy, a od tamtej pory niewiele mieli okazji, i Liane coraz wyraźniej czuła, że aż ją świerzbi.

— Chciałem tylko dać ci znać, że przez parę dni mnie nie będzie. Jadę załatwić sprawę.

— Och? — Coś w sposobie, w jaki to powiedział, uruchomiło w jej głowie syreny alarmowe, i na chwilę przestała myśleć o libido. — Dokądś szczególnie?

— Szczerze mówiąc, dokładnie nie wiem. Gdzieś za granicę. Szczegóły dostanę, jak będę bliżej, ale kazali mi kierować się na Edmonton.

— Na motorze?

— Nie. Biorę vana Bulla.

To był kurs przemytniczy, Liane zrozumiała natychmiast. Choć nie wiedziała, czy Drew wiezie coś do Kanady, czy przywiezie coś z powrotem — a może jedno i drugie — i całkiem możliwe, że on sam też tego nie wiedział.

— Jedziesz sam?

— Nie, jedzie ze mną Kaleb.

Byli w tej chwili sami w barze, ale Liane i tak prawie bezgłośnie wyszeptała, pochylając się tak, że jej usta musnęły ucho Drewa. — To test.

— Jasne — mruknął w odpowiedzi, muskając nosem jej szyję. — Nie pierwszy. Bull pokazał mi schowek pod podłogą vana, ale jest za mały.

Zrozumiała, o co mu chodzi. Cokolwiek mieścił tamten schowek, nie wystarczało, by uczynić z tego główny szlak, którego Bractwo używało do przerzutu czegokolwiek, czym handlowali. Poza tym van Bulla rzadko opuszczał jego garaż.

— Okej. No to zobaczymy się, jak wrócisz. Nikt nie patrzył, więc nie musiała tego robić, ale i tak przyciągnęła jego twarz do siebie i pocałowała go długo i powoli. — Uważaj na siebie — wyszeptała mu w usta.

— Zawsze. — Podniósł głowę, uśmiechnął się do niej z góry. — Ćwiczyłem z moim nowym pistoletem.

— Zabierasz go ze sobą?

— Tajny schowek — przypomniał.

— Słusznie. — Trochę ją uspokoiło, że będzie uzbrojony. I że jedzie z nim Kaleb, bo była prawie pewna, że Bull naprawdę lubi Kaleba i świadomie nie naraziłby bratanka na niebezpieczeństwo. — No cóż. Szerokiej drogi. Przywież mi syrop klonowy.

Zaśmiał się, dokładnie o to jej chodziło. — Napiszę do ciebie, kiedy będę wracał.

To było coś normalnego i nie powinno wzbudzić podejrzeń. Skinęła głową, przyjęła to, pocałowała go jeszcze raz i patrzyła, jak wychodzi. Wołając do personelu, że na kilka minut wpadnie do mieszkania, pognała na górę, wyjęła swój świeżo kupiony telefon na kartę z tajnego schowka, który zrobiła mu w atrapie butelki po szamponie, i wystukała wiadomość do Jessikah.

Drew w drodze. Dasz radę śledzić?

Nie tak dokładnie, jak gdyby miał telefon z GPS-em, ale tak, odpisała jej siostra po zaledwie paru minutach.

Liane skrzywiła się, życząc sobie, by Bractwo nie było aż tak paranoiczne. Nikt z nich nie miał smartfona, tylko zwykłe telefony z klapką, najwyraźniej bali się namierzenia. Co oczywiście natychmiast by zrobiła. Ale dział techniczny ATF utrzymywał, że telefony z klapką są nienamierzalne.

Jessikah się z tym nie zgadzała. Może i nie potrafiła wskazać telefonu z dokładnością do jednego metra kwadratowego, ale z pewnością mogła wytriangulować sygnał na tyle, by dostać adres przy ulicy. Przynajmniej tak twierdziła.

Zmapuj gdzie i kiedy i podeślij mi to, proszę, napisała Liane.

Załatwione.

Jessikah wcale nie wyglądała na zaskoczoną, gdy Liane się odezwała, i Liane była prawie pewna, że siostra już miała na nią oko. Nie była do końca pewna, co o tym myśleć — w końcu Jessikah była jej *młodszą* siostrą.

Odkładając telefon, Liane powoli zeszła z powrotem na dół. Miała wrażenie, że sprawy przyspieszają, zmierzają do przesilenia.

Miała tylko nadzieję, że będzie na miejscu, kiedy wreszcie lont dojdzie do końca, a Drew nie zostanie sam w oku cyklonu.

— Następny w lewo — powiedział nagle Kaleb, i Drew skinął głową, włączając kierunkowskaz. Van wyglądał niepozornie, ale prowadził się gładko, i podejrzewał, że od wyjazdu z fabryki przeszedł więcej niż jedną dyskretną modyfikację.

— Daleko jeszcze? Zdrętwiała mi dupa — burknął.

— Jeszcze mila.

Jechali przez strefę przemysłową na obrzeżach Edmonton. Był sobotni wieczór, większość firm zamknięta na weekend, a na drodze prawie nie było innych pojazdów.

— Tamta brama — powiedział w końcu Kaleb.

— Wygląda na opuszczone — mruknął posępnie Drew.

— Co, chcesz, żeby zrobili nam pokaz świateł na powitanie? Jedź na tyły. Zobaczysz otwarte drzwi — wjedziesz prosto do środka.

Im dalej jechali, tym pewniejszy siebie wydawał się Kaleb. Wręcz dziwnie podniecony. Jakby czekała go jakaś atrakcja. Odmówił rozmowy o tym, co przewożą — najwyraźniej wszystko załadowano, zanim Drew rano dotarł do domu Bulla — ani o tym, co będą odbierać, ani o ludziach, z którymi mieli się spotkać.

Wjeżdżając przez drzwi, Drew włączył światła, bo wnętrze magazynu było czarne jak smoła, a zrobiło się jeszcze ciemniej, gdy za nimi zatrzasnęła się przesuwana brama.

— Stój tutaj i zgaś te cholerne światła! — polecił Kaleb.

— Co, masz noktowizję, o której nie wiem? — ale Drew posłuchał. Gdy tylko silnik zamilkł, kliknęło kilka lamp; niskie i punktowe, nie byłyby widoczne z zewnątrz dla przypadkowych przechodniów. Dostrzegł trzy sylwetki stojące przed vanem.

— Wysiadaj powoli — powiedział Kaleb. — Trzymaj ręce na widoku.

— To ten nowy, Kaleb? — zawołał jakiś głos, gdy wysiedli z vana. — Bull mówił, że to kuzyn Jacoba?

— Zgadza się, to Drew. Nasz nowy brat — odparł Kaleb, a gdy tamten wyszedł naprzód, Drew z trudem powstrzymał się od sapnięcia zaskoczenia, bo mężczyzna miał na sobie kamizelkę z barwami Bractwa.

Nie wiedziałem, że w Kanadzie jest oddział. Ciekawe, czy Liane o tym wie?

— To Valdosta — przedstawił Kaleb. — Lokalny wiceprezes. Podlega Bullowi.

Ciekawe — oddział nie ma własnego prezesa, więc to raczej pododdział. Bull nie lubi oddawać kontroli.

Drew uścisnął mu dłoń, skinął z szacunkiem. Dwóch pozostałych mężczyzn ruszyło do przodu, żeby otworzyć przesuwne drzwi vana i wyładować kartony w środku —

pełne niewinnych, tanich towarów — a potem dobrać się do ukrytego pod podłogą schowka.

Valdosta nawet nie raczył tego obserwować, co potwierdziło podejrzenia Drewa, że ten kurs nie wiezie niczego naprawdę istotnego. Kątem oka śledził rozładunek. Broń, zorientował się, co miało sens. Zdecydowanie łatwiej było ją zdobyć w Idaho niż tu, w Kanadzie. Pół tuzina kompaktowych karabinków automatycznych, z magazynkami o dużej pojemności. Da znać Liane, a ATF na pewno przekaże informacje kanadyjskim partnerom, ale to była drobnica w porównaniu z tym, co wiedzieli, że Bractwo przerzuca.

Na wózku podjechały inne pudła, i Drew dyskretnie patrzył, jak płaskie kartony z logo dużego koncernu farmaceutycznego pakują do ukrytego schowka, po czym go zamknęli, a do głównej przestrzeni ładunkowej vana trafiły kartony pełne syropu klonowego.

— To wszystko? — zapytał, gdy drzwi vana zasunęły się z hukiem. — Ruszamy z powrotem?

— Jeszcze nie. — Kaleb się wyszczerzył, dziko, z niecierpliwością. — Mamy towar do obejrzenia.

Valdosta też się uśmiechnął. — Twoja ulubiona część, Kaleb. Tym razem mamy znakomity wybór. Dziś w nocy zawieziemy je do domu przejściowego i czwartego będziemy gotowi przerzucić je do was. Chodźcie.

Je? Nagłe złe przeczucie przeszło przez Drewa. Szedł tuż za Kalebem, gdy Valdosta prowadził ich przez magazyn do zamkniętych drzwi, wyciągając klucz z łańcuszka na szyi, by otworzyć kłódkę.

— Tylko ja mam klucz do tych drzwi — zauważył Valdosta, przyłapując Drewa na spojrzeniu, gdy chował klucz z powrotem pod koszulę. — To eliminuje grzebanie przy towarze.

Najpierw uderzył go zapach. Smród nieumytych ciał... i fetor strachu.

Za drzwiami było piekło.

Rząd klatek po obu stronach pomieszczenia długiego na co najmniej dwadzieścia metrów, w każdej klatce po dwie, trzy skulone kobiety albo... Drew musiał przełknąć żółć. W niektórych klatkach były dzieci. Chłopiec nie starszy niż sześć, siedem lat wpatrywał się w niego szeroko otwartymi, przerażonymi oczami, podczas gdy starsza dziewczynka próbowała wepchnąć go za siebie.

— Niezły przekrój — zauważył Kaleb takim tonem, jakby rozmawiał o pogodzie, idąc przejściem między klatkami. — Nie wszyscy tym razem Meksykanie.

— Bull mówił, że potrzebuje różnorodności. Znaleźliśmy niezłe źródło, które sprowadza chińskie rodziny, a w różnych miastach mamy paru dobrych naganiaczy szukających białych dziewczyn. Dobre ceny na młode białe, a jeśli już jęczą, że uciekły z domu, policja nie szuka zbyt intensywnie.

Drew przygryzł wewnętrzną stronę policzka, aż poczuł smak krwi, używając bólu, żeby utrzymać koncentrację. *Kataloguj to, co widzisz. Dowiedz się, jak ci ludzie mają zostać przerzuceni przez granicę. Nie daj Bractwu poznać, jak bardzo cię to brzydzi.*

— Wpadło ci coś w oko, Kaleb? — zagadnął Valdosta, tonem żartobliwym.

— Och, kilka — roześmiał się Kaleb, z wyrazem chciwego pożądania, podchodząc bliżej do jednej z klatek. — Ta. Jak masz na imię, skarbie?

To była dziewczynka, która próbowała zasłonić chłopczyka. Drew nie sądził, by miała więcej niż dwanaście lat; śliczna, delikatna Chinka. Wpatrywała się w Kaleba szeroko otwartymi, hardymi, ciemnymi oczami, ale milczała.

— Nie zna angielskiego — wzruszył ramionami Valdosta.

— Nie będzie jej potrzebny — Kaleb zaśmiał się ordynarnie. Wyciągnął coś z kieszeni i uniósł; aparat, zorientował się Drew, gdy błysnęła lampa.

— Pokażę ją Bullowi, ale myślę, że to chyba ta. Trzeba przyznać, macie niezły wybór. Może nawet zatrzymamy dwie.

Wcale nie znam Kaleba. To było jak zimny prysznic dla Drewa i uświadomił sobie, że dał się uśpić młodością i sympatycznością Kaleba. To, co widział teraz przed sobą, to był prawdziwy Kaleb, niemal się śliniący na widok dziewczynki tak młodej, że jeszcze nie weszła w dojrzewanie.

Nic dziwnego, że Kaleba nie rusza ta rzekoma dziewczyna z liceum. Jest dla niego za stara.

Kaleb szedł przejściem między klatkami, robiąc zdjęcia ich mieszkankom. Drew zmusił się, by iść za nim, choć część jego umysłu liczyła szanse na to, by w tej chwili położyć Kaleba, Valdostę i dwóch pozostałych, a potem wezwać służby, by uwolniły więźniów. Mógłby to zrobić, jak sądził, nawet bez swojej broni, którą — wbrew temu, co powiedział Liane — musiał zostawić. Problem w tym, że nie miał pewności, czy gdzieś w budynku nie ma innych ludzi z lokalnego oddziału Bractwa, a byli w miejscu na tyle odludnym i odizolowanym, że najpewniej nawet odgłos strzałów nie ściągnąłby na miejsce żadnych służb.

Rzuciwszy okiem dookoła, Drew zorientował się, że jest obserwowany; dwaj mężczyźni, którzy rozładowali vana, patrzyli z wejścia, obaj z rękami niedbale wsuniętymi pod kurtki. A więc do końca mu nie ufali, obserwowali, czy nie zareaguje źle na widok więźniów. Oddychał powoli, rozkazał twarzy pozostać niewzruszoną i szedł za Kalebem.

Załatw to później. Liane pomoże.

Problem w tym, że nie był pewien, czy szefowie Liane pomogą. Handel ludźmi nie wchodził w kompetencje ATF, a z kretem w DEA albo FBI — być może w obu — przekazanie dalej informacji mogłoby przypieczętować wyroki śmierci jego i Liane, a także więźniów.

Jednego Drew był pewien: nie pozwoli, by te kobiety i dzieci zostały przerzucone do USA i sprzedane Bóg wie gdzie, a jedna lub więcej nieszczęśnic miały zostać na zabawki Bractwa... na tak długo, jak wytrzymają. Nie. Więc szedł i słuchał, z pustym wyrazem twarzy, licząc na okruchy informacji o tym, jak i kiedy więźniów zamierzają przewieźć przez granicę.

Tu miał być koniec. Nieważne, która agencja zgarnie laury. Dopilnuje, by Liane wyszła z tego cało. Ale nie dopuści, żeby Kaleb położył łapy na tej małej Chince albo na którejkolwiek z pozostałych.

Nie. Ma. Kurwa. Mowy.

Rozdział piętnasty

— Handel ludźmi? — Liane wyglądała tak samo na chorą, jak Drew wciąż się czuł, nawet pełną dobę po tym, jak zobaczył tamten magazyn w Edmonton i przerażonych ludzi przetrzymywanych w klatkach.

— Kobiety i dzieci — potwierdził Drew. — Ani jednego mężczyzny. Dopytywałem na tyle, na ile się odważyłem, i Kaleb w zasadzie powiedział, że mężczyźni to zbyt duży kłopot, nawet jeśli sprzedaje się ich jako niewolniczą siłę roboczą. Wolą kobiety poniżej dwudziestu pięciu lat, biorą dziewczynki w każdym wieku i chłopców mniej więcej do trzynastego roku życia. Prawie wszyscy trafiają do seksbiznesu.

— Ilu? — Opadła ciężko na krzesło przy kuchennym stole, z twarzą wykrzywioną bólem.

— W klatkach było siedemnaście osób, a Valdosta powiedział, że w ciągu najbliższych dni spodziewają się jeszcze kilku przed transportem czwartego.

— Czwartego lipca?

— Chyba tak. Nie chciałem zbytnio naciskać, ale nie wyobrażam sobie, żeby trzymali ich kolejny miesiąc. Musieliby ich karmić. Czwarty jest za mniej niż tydzień.

— Nadal nie rozumiem, jak ich przerzucają przez granicę i co z nimi robią, kiedy już są na miejscu. Nie miałam pojęcia, że przewożą ludzi na taką skalę!

— Nie mogę do tego dopuścić. — Nie wiedział, jak to wyjaśnić. — Nie mogę, Liane. Wiem, że twoi szefowie pewnie nie mają wszystkiego, czego trzeba, żeby postawić zarzuty. Przykro mi. Po prostu nie mogę pozwolić, żeby Kaleb położył łapy na tej dziewczynce. Sposób, w jaki na nią patrzył, ja...

— Drew. — Sięgnęła, położyła dłoń na jego zaciśniętej na stole pięści. — Jestem z tobą. Są rzeczy, na które nie można przymykać oczu. Każdy ma granice, których nie przekracza. Gdybym była na twoim miejscu w tamtym magazynie, siedzielibyśmy tu teraz i prowadzili dokładnie tę samą rozmowę. Tu się to kończy.

— Dziękuję. — Zmusił się do głębokiego wdechu. — Chciałem to przerwać od razu, na miejscu. Załatwić Kaleba i Valdostę oraz tamtych dwóch, a potem rozwalić wszystkie klatki.

Oczy Liane złagodniały, gdy na niego patrzyła, powoli kiwając głową. — Powstrzymamy to, obiecuję. Dobrze, że się opanowałeś.

— To mnie prawie złamało — przyznał. — Wciąż mam ochotę stracić panowanie i zbić Kaleba na kwaśne jabłko. Nienawidzę, że do tamtej chwili nawet go trochę lubiłem.

— Szczerze mówiąc, ja też trochę. Tyle że z pedofilami jest ten problem — nie chodzą z wielkim migającym napisem nad głową, żebyśmy mogli ich rozpoznać. Nie pokazują, kim naprawdę są, dopóki nie uwierzą, że jesteś jednym z nich.

— Czyli dość przekonująco sprawiłem, że Brethren uważa mnie za tak samo zwyrodniałego jak oni. — To uczucie skręciło Drew kiszki.

— Czyli dobrze odwaliłeś robotę przy swoim pierwszym zadaniu pod przykrywką — sprostowała Liane.

— Wcale tak tego nie czuję. Przepuściłem broń do Kanady, a do tego przywieźliśmy z powrotem porządny ładunek opiatów. — Pokręcił głową. — Nie lubię tylko patrzeć, jak rzeczy się dzieją. Cała moja kariera wojskowa polegała na podejmowaniu zdecydowanych — często wyprzedzających — działań.

— Jasne, ale musiało być mnóstwo sytuacji, w których trzeba było po prostu poczekać, aż właściwy cel znajdzie się we właściwym miejscu o dokładnie właściwym czasie — zauważyła Liane. — I właśnie to mamy teraz. Przyłapiemy Brethren na gorącym uczynku z ofiarami handlu ludźmi i pójdą siedzieć.

— Ale nie damy rady bez większych sił, a twoi szefowi e...

Liane uniosła brew i uśmiechnęła się chłodno. — Moi szefowie? Jedyne, co będą wiedzieli, to że masz informacje o dużym ładunku towaru, który zostanie przerzucony przez granicę czwartego. Co dokładnie jest w przesyłce, w tym momencie nie jest jasne, ale... mówimy o kilkuset kilogramach produktu. Powiem im, czym dokładnie jest ten towar, dopiero kiedy zadeklarują działania.

Produkt. Towar. Samo nazywanie kobiet i dzieci, które widział, takimi słowami sprawiło, że żołądek Drew jeszcze mocniej się ścisnął, ale Liane miała rację. ATF pomogłoby tylko wtedy, gdyby uznali, że przesyłka może być ich problemem, a nie mogli ryzykować przekazania informacji FBI czy DEA. Gdyby kret przekazał wiadomość z powrotem do Brethren, kobiety i dzieci zniknęłyby, a Drew wylądowałby na celowniku Brethren jako ten, który musiał ich wydać.

Nagle przyszło mu do głowy, że jest jeszcze jeden zainteresowany gracz, komu mógł zaufać bez zastrzeżeń. Człowiek, który w ogóle go tu wysłał.

— Jason Hunter — powiedział na głos. — Będzie chciał to wiedzieć i jestem w stu procentach pewien, że możemy mu zaufać.

Liane zamruczała pod nosem, odchyliła się na krześle i zmarszczyła nos, ewidentnie rozważając sprawę. — Chyba masz obowiązek mu raportować? — zapytała tonem, który brzmiał pytająco. Wyraźnie dając Drew możliwość powiedzenia, że tak, absolutnie musi raportować Jasonowi. Zostawiając decyzję jemu.

— Tak — powiedział, wcale nie zgodnie z prawdą, i po jej krzywym uśmiechu zobaczył, że doskonale wie, iż ją okłamuje.

— W takim razie musisz to zrobić szybko. Kupiłam ostatnio zapasowy telefon na kartę, jeśli chcesz go użyć, żeby się z nim skontaktować. Tylko nie daj się z nim złapać. — Wstała, przykucnęła przed piecem, ostrożnie zdjęła dolny panel i sięgnęła pod spód. Chwilę później położyła przed nim na stole telefon; ku swojej uldze zobaczył, że to smartfon.

— Jest naładowany i ma sporo środków. Jest tam zapisany numer pod nazwą Sis. — Zawahała się na moment, ale zaraz mówiła dalej. — Numer mojej siostry, Jessikah. Pomoże ci, jeśli nie będziesz mógł się do mnie dodzwonić.

— Ta hakerka? — upewnił się.

— Tak. Odezwałam się do niej w sprawie roboty poza oficjalnym obiegiem. Chcę spróbować ustalić, kto jest kretem Brethren, a moi szefowie nie kwapią się, żeby grzebać w sprawach innych agencji, żeby przypadkiem komuś nie nadepnąć na odcisk. — Skrzywiła się, jasno pokazując, co myśli o międzyagencyjnej polityce. — Jess pociągnie za parę nitek. Zobaczy, czy coś znajdzie.

— Wie o mnie? — zapytał, wsuwając telefon do kieszeni po sprawdzeniu, że dzwonek jest wyciszony.

— Tak, powiedziałam jej. I żeby tylko pokazać, że wejdzie do dowolnej bazy, do jakiej tylko zechce, to twoje nieredagowane akta służby wojskowej miała na ekranie w mniej niż pięć minut.

Drew skinął głową, odpowiednio pod wrażeniem. Zdobycie czegoś takiego nie byłoby proste, chyba że byłeś na dość wysokim szczeblu u Rangersów albo jeszcze wyżej w Pentagonie. To, że cywil potrafi to zrobić, robiło wrażenie... choć było trochę niepokojące.

— Dodała też, że jej zdaniem jesteś całkiem seksowny — dorzuciła Liane z uśmiechem.

— Tylko *tak trochę* gorący? — Uśmiechnął się również, czując, jak napięcie trochę z niego schodzi, gdy rozjaśniła ton rozmowy. Wstając, sięgnął po jej dłoń i pociągnął ją do góry, żeby stanęła razem z nim.

— Na jej obronę: zdjęcie w twoich aktach służbowych nie jest zbyt korzystne. Byłeś też dużo młodszy. Zdecydowanie wypiękniałeś.

Drew musiał się roześmiać. Boże, jak on lubił Liane. Lubił jej poczucie humoru, nieomylne wyczucie sprawiedliwości. Nie znał jej długo, ale był absolutnie pewien, że poprze go przeciwko swoim szefom, by ocalić ofiary handlu ludźmi — nawet jeśli mogłoby ją to kosztować karierę, gdyby szefowie odkryli, że zataiła przed nimi informacje i potencjalnie naraziła śledztwo.

— Kiedy z tego wyjdziemy — powiedział — *jeśli* z tego wyjdziemy...

— Cii. — Sięgnęła, dotknęła opuszką palca delikatnie jego warg. — Nie mów, Drew. To zły omen. Bądźmy po prostu wdzięczni za skradzione chwile, które możemy mieć teraz.

Chciał zaprotestować. Chciał powiedzieć, że nie zamierza tak po prostu odejść, że kiedy ta misja się skończy, chce z nią związku, prawdziwego. Ale uszanował jej życzenie, skinął głową i zamiast tego ją pocałował.

Po tym, co Drew właśnie przed nią odsłonił, Liane pragnęła tylko zatracić się w nim na kilka godzin. Wkrótce i tak będzie musiała skontaktować się ze swoim szefem i przekazać mu rozważnie zredagowany raport, w dostatecznie pilnych słowach, by wsparcie było gotowe do akcji czwartego, bo Drew miał absolutną rację. Nie było mowy, by pozwolili przemycić te kobiety i dzieci i oddać je tam, dokąd były przeznaczone, a już na pewno nie można było pozwolić, by Brethren zatrzymali i krzywdzili dziewczynkę, którą upatrzył sobie Kaleb. Była niemal pewna, że jej szef się z nimi zgodzi, ale niestety miał też obowiązek przekazać informacje FBI, a jeśli kret siedział w FBI, podpisaliby na Drew wyrok śmierci.

Odsunęła zmartwienia, pozwalając sobie zatopić się w objęciach Drew. Było późno; przyjechał do przydrożnego baru dosłownie kilka minut przed zamknięciem, pomógł jej posprzątać i zamknąć lokal, zanim poszli razem na górę i złożył meldunek. Nie była jednak śpiąca. Odchyliła się, uśmiechnęła do Drew i pociągnęła go za rękę, prowadząc do sypialni.

— Zostaniesz dziś na noc? — zapytała, zdejmując koszulkę.

— Jasne. — Ściągnął z siebie barwy, niemal cisnął nimi przez pokój z ledwie skrywaną odrazą i zadrżał. — Boże. Nienawidzę tego nosić. Teraz, gdy wiem, za czym stoją... co zrobili...

— Cicho. — Pokręciła głową. — To tylko kostium, Drew. Rola, którą grasz, jak hollywoodzki aktor zatrudniony do roli złoczyńcy. Rola nie definiuje tego, kim jesteś.

— Przeszła miesiące szkoleń, podczas których te założenia wbijano jej do głowy, zanim kiedykolwiek wzięła się za pracę pod przykrywką, a patrząc teraz na męczącego się z tym Drewa, przypomniała sobie, że on nigdy takiego szkolenia nie miał. Że jego kwalifikacją do tej roboty dosłownie było to, z kim jest spokrewniony, i że nigdy nie trafiłby pod przykrywkę do Brethren, gdyby jego kuzyn nie był w gangu.

Drew ściągnął koszulę, a smukłe mięśnie zafalowały na jego torsie i Liane przerwała na moment własne rozbieranie, by popatrzeć z uznaniem. — Cholera, jesteś diabelnie przystojnym facetem — wymruczała.

— Wiesz, że powiedziałaś to na głos, prawda? — Drew uśmiechnął się krzywo.

Uśmiechnęła się bez cienia skruchy. — Hej, rozmawiam z jedyną osobą, przy której mogę być sobą. Jeśli nie mogę mówić przy tobie wszystkiego, co mi przyjdzie do głowy, to kiedy?

— Słusznie. — Usiadł na brzegu łóżka, żeby zdjąć buty, po czym sięgnął po nią, posadził ją na kolanach i pocałował, wolno i długo.

— Jesteś jedyną dobrą rzeczą, jaka mi się przydarzyła od czasu, którego już nie pamiętam — wyszeptała mu w usta, a on odsunął się, spojrzał jej w oczy. Z tak bliska widziała szarawą mgiełkę w jego prawym oku, to, jak nie do końca łapało ostrość tak jak lewe, źrenicę, która reagowała wolniej. Widziała bladoczerwone, blednące linie blizn pod nim, nieme pamiątki po tym, co przeszedł.

— Czuję to samo. — Musnął lekko jej policzek. — Tak się cieszę, że tu jesteś, Liane. Tak cholernie się cieszę.

Tym razem kochali się powoli. Prawie leniwie, odkrywając swoje ciała, całując i smakując, dotykając, szukając dokładnie tych miejsc i nacisków, które wywoływały westchnienia i jęki. Szepcząc pochwały i prośby o więcej. A kiedy Drew uniósł się nad Liane i wsunął się powoli, łatwo w jej chętne, witające go ciało, wysyczała jego imię przez zaciśnięte zęby i wbiła paznokcie w jego ramiona, już o krok od przepaści. Oplatając nogami jego biodra, ponaglała go, domagała się więcej, mocniej, teraz.

Drew jęknął, odchylając głowę, żyły na szyi nabrzmiały, gdy zacisnął zęby. — Kurczę, kobieto. Jestem za blisko. Spokojnie...

— Nie, proszę, potrzebuję tego, teraz! — prawie zaszlochała, unosząc się ku niemu. Czuła go w sobie tak wspaniale, gorącego i twardego. A on dokładnie wiedział, co lubi, naciskając we wszystkie właściwe miejsca przy każdym pchnięciu, znajdując rytm, który sprawił, że niemal darła się w niebogłosy.

— Dobrze, że nie masz sąsiadów — wymamrotał jej kilka minut później w gardło, brzmiąc tak samo oszołomiony jak ona. — Zadzwoniliby na gliny za zakłócanie ciszy nocnej.

Liane zachichotała, obejmując go wciąż drżącymi ramionami i przytulając mocno. Nie chciała puszczać, a Drew najwyraźniej czuł to samo, bo odwzajemnił uścisk. W końcu poluzował objęcie, przetoczył się i położył obok, ale od razu znowu otoczył ją ramieniem.

— Nie masz nic przeciwko? — szepnął cicho. — Po prostu minęło strasznie dużo czasu...

— Bez przytulania? Tak. U mnie też. — Przetoczyła się na bok plecami do niego i powierciła się, aż skuliła się ciasno w jego objęciach. — Jesteś świetną dużą łyżką — wymamrotała na granicy snu.

— Z radością będę twoją dużą łyżką, śliczna. — Przycisnął ciepłe usta do karku, a rozkoszny żar jego ciała otulił ją, sprawiając, że po raz pierwszy od miesięcy poczuła się chroniona, bezpieczna.

To oczywiście była iluzja. Od bezpieczeństwa dzieliło ich bardzo wiele. Ale tylko tej nocy Liane pozwoliła sobie udawać, gdy zamknęła oczy i zapadła w sen.

ROZDZIAŁ SZESNASTY

OBUDZENIE SIĘ W RAMIONACH Drew Murphy'ego było przemiłym doświadczeniem — albo byłoby, gdyby pięć minut później ktoś nie zaczął walić w drzwi mieszkania Liane i wrzeszczeć.

— Co, kurwa? — Zmarszczyła brwi.

Drew jęknął, opadł na plecy i zasłonił oczy przedramieniem. — Nie wiem, ale błagam, błagam się ich pozbądź.

Mruknęła pod nosem, wstała z łóżka i wciągnęła na siebie legginsy do jogi oraz T-shirt Drew — najbliższe pod ręką ciuchy, które robiły z niej osobę ubraną.

— Już idę, nie spinajcie się! — wrzasnęła, idąc boso przez mieszkanie i szarpnięciem otwierając drzwi. Na progu stał Bull, a za nim czaił się Kaleb. — Czego chcecie? — warknęła na Bulla.

— Jest tu Drew?

— Jasne, co byście wiedzieli, gdyby wam się chciało do niego zadzwonić. Albo zgubiliście telefon? — Nie cofnęła się, by ich wpuścić, choć Bull ruszył naprzód, jakby oczekiwał, że zejdzie mu z drogi. — Bo wiem, że Drew nie wyłączył swojego. Ma na tym punkcie paranoję. Chce mieć pewność, że jak mu powiecie, żeby skoczył, to będzie mógł zapytać, jak wysoko.

Kaleb parsknął śmiechem, ale mina Bulla się nie zmieniła. — Zamierzasz nas trzymać na progu?

Kusiło ją, żeby powiedzieć „tak", ale celowe drażnienie go mogło tylko utrudnić życie Drew. Westchnęła więc ostentacyjnie i odsunęła się, otwierając drzwi szerzej. — Dobra. Tylko nie wnieście błota na butach. Wczoraj sprzątałam.

Poszli za nią do salonu, gdzie stanęła z założonymi rękami i spojrzała na nich. Bull rozsiadł się na kanapie, czując się całkiem swobodnie w pokoju, w którym nigdy wcześniej nie był, podczas gdy Kaleb podszedł do okna, odchylił żaluzje i wyjrzał.

— Będę potrzebował tej koszulki z powrotem — mruknął za jej plecami Drew, a kiedy się odwróciła, zobaczyła, że włożył już dżinsy i buty. Z jednej ręki zwisała jego kamizelka z barwami. Drugą ręką lekko pociągnął za rąbek koszulki, którą miała na sobie. — Jest szansa, że założysz swoją i oddasz mi tę?

Mruknęła z niezadowoleniem, ale kiwnęła głową. — Nawet nie waż się kłaść nóg na moim stoliku kawowym — powiedziała do Bulla, który prychnął. — Mówię poważnie. Dużo zniosę, ale przysięgam, jak położysz nogi na moim stoliku, to już nigdy nie zjesz w mojej knajpie ani jednego dania bez mojej śliny.

Kaleb znów się roześmiał, a tym razem Bull też się uśmiechnął. Skinął jej krótko głową.

— Prosisz się o kłopoty, kobieto. — Drew klepnął ją w tyłek. — Oddaj mi tę koszulkę, albo zdejmę ją z ciebie tutaj, i mam gdzieś, że zobaczą ci cycki.

Pokazała mu faka i dorzuciła uśmiech, którego Kaleb i Bull nie mogli zobaczyć, po czym z szelmowskim krokiem wyszła i skierowała się do sypialni.

Drew oparł się w futrynie i obserwował Bulla oraz Kaleba. — Co za problem? — przeciągnął słowa. Wyciągnął telefon z tylnej kieszeni i nim zamachał. — Nie mam żadnych smsów ani nieodebranych. Więc o co chodzi, że musieliście tu przyłazić i wkurzać Liane?

— To wiadomość, którą trzeba przekazać osobiście. — Bull podniósł się z kanapy, przeszedł przez pokój i wyciągnął do Drew rękę. — Gratulacje. Wczoraj głosowaliśmy; jesteś teraz pełnoprawnym członkiem Pure Brethren.

Szczęka Drew opadła; nie spodziewał się tego. — Co?

— Ten kurs, na który pojechałeś do Kanady, był testem. Cały towar przeszedł na obu końcach bez problemu, nie znaleziono żadnych urządzeń śledzących… i potwierdzono, że federalni nie mieli nawet szeptu o naszym ładunku, który tu wjeżdżał.

Drew zamrugał, ściskając podaną rękę Bulla. — No jasne, że nie. Zaraz. — Udał oburzenie. — Serio myśleliście, że jestem, kurwa, wtyką?

— Nie ja — Bull pokręcił głową.

— Pierdolony Gerry! — Nie musiał udawać wstrętu. — Co on ma, do cholery, za problem?

— Odpuść. — Bull wykonał uspokajający gest.

— Głosował za tym, żebym został pełnoprawnym bratem? — Drew zwęził oczy.

— Wstrzymał się — wtrącił Kaleb, a Bull posłał mu zirytowane spojrzenie. Najwyraźniej wolałby, żeby Drew tej informacji nie miał.

— Teraz to już nie ma znaczenia. Jesteś w środku. — Bull klepnął Drew w wciąż nagie ramię. — I mamy robotę do zrobienia, zanim nasza duża dostawa dojedzie czwartego. Więc zakładaj koszulkę i ruszamy.

— Hm. — Drew udawał, że przyjmuje słowo Bulla za dobrą monetę, odwrócił się, jakby chciał zawołać Liane, po czym znów się obrócił. — Czekaj. Co znaczy, że macie potwierdzenie, iż federalni nie wiedzieli o naszym ładunku?

— Gdybyś był wtyką, przekazałbyś informacje o tym, co przywieźliśmy — powiedział Kaleb. — Musiałbyś. A z racji tego, co to było, DEA miałaby te informacje... a nie ma.

— Skąd to wiecie? Kurwa. — Rozszerzył oczy. — Macie źródło w *DEA*?

Odgłos kroków zapowiedział powrót Liane i oczywiste było, że ani Bull, ani Kaleb nie zamierzają powiedzieć nic więcej przy niej. Podała Drew jego koszulkę, rozglądając się z ciekawością na nagłą ciszę, która zapadła w pokoju.

— No skoro już jesteście, mogę zrobić kawę. I śniadanie... mogę usmażyć pankejki — zaoferowała.

Kaleb, wiecznie nienażarty, gdy chodziło o jedzenie, zgodził się ochoczo, a Bull — ku zaskoczeniu Drew — też skinął głową.

— Byłoby super, Liane. Jestem głodny.

Liane też wyglądała na zaskoczoną, ale wzruszyła ramionami i poszła do kuchni. — Kaleb, wpadniesz rozbić mi te jajka, a ja nastawię kawę? — zawołała, a Kaleb poszedł za nią do kuchni.

Drew spojrzał z powrotem na Bulla akurat w porę, by zobaczyć, jak ten cofa rękę spod stolika kawowego. Dziwny gest, nienaturalna pozycja ręki i instynkt Drew natychmiast się odezwał.

Czy on właśnie coś tam podłożył? Pluskwę, może?

Udając, że nic nie widział, wsunął koszulkę, potem kamizelkę z barwami, po czym walnął się w fotel i ostentacyjnie westchnął. — Liczyłem na jeszcze godzinę w łóżku, Bull. Pięknie zepsułeś nastrój. Nie żebym się nie cieszył z awansu na pełnoprawnego członka, jasna sprawa!

— Jeszcze się wybawisz.

— No właśnie. — Drew rzucił udawane ukradkowe spojrzenie w stronę kuchni i ściszył głos. — Liane ma w dupie broń i dragi, o ile nic z tego nie pojawi się tutaj. Ale ten, ten inny towar, który pokazał mi Kaleb? Nie sądzę, żeby jej się to spodobało. Obcokrajowcy by ją nie obeszli, ale były tam białe dziewczyny. — To powinno złapać równowagę, pomyślał, między podkręcaniem rasistowskich uprzedzeń Bulla a wyrażeniem naturalnej ostrożności.

— Nie musi o tym wiedzieć. — Bull wzruszył ramionami. — Długo tu nie pobędą. Trzeba je zawieźć na aukcję.

— Aukcja? — Uszy Drew się wyostrzyły, ale twarz zachował tępą.

— W Vegas, dwunastego. Muszą być tam dwa dni wcześniej, żeby je obejrzeć i skatalogować, więc widzisz, że nie będziemy mieć dużo czasu. Kto pojedzie, ominie go większość zabawy z tym, co zostawimy dla siebie.

Drew musiał stłumić dreszcz. — Czyli pewnie ja pojadę, jako nowy. Cholerna długa trasa, do Vegas.

— Obawiam się, że tak. Już losowaliśmy, kto z tobą pojedzie: Cash trafił krótszą zapałkę.

— Mogło być gorzej. Mogłoby wypaść na Gerry'ego.

Bull zachichotał na suchą uwagę Drew. — Eh. Gerry jest w porządku. Myśli, że polujesz na jego robotę, odkąd Jacob był przed nim szefem ochrony.

— Na pewno robiłbym to lepiej niż on. — Drew wzruszył ramionami. — Ale wciąż uczę się zasad. Dam mu rok, dwa, zanim zacznę mu naprawdę deptać po piętach.

Bulla to rozbawiło. — Lubię cię, Drew, choć pewnie namieszasz z Gerrym. Masz jaja.

— Rangersi nie szkolili mnie, żeby być pizdą. — A gdyby grał uległego, mogliby zwęszyć coś podejrzanego. Stąpał po linie, starając się cały czas być tym, kogo się po nim spodziewali.

— Pankejki gotowe! — zawołała wtedy z kuchni Liane, a Drew prawie z ulgą wypuścił powietrze, bo po raz kolejny przeszedł rozmowę z Bullem, nie budząc podejrzeń.

Miał nadzieję.

Po śniadaniu Bull i Kaleb powiedzieli Drew, że musi z nimi jechać, i ten skinął głową, wstając. Nie przeprosił Liane, że zostawia ją ze sprzątaniem, przynajmniej nie słowami.

— Odprowadzisz nas, kochanie? — rzucił zamiast tego.

— Jasne. — Poszła za jego przykładem bez choćby rzucenia spojrzenia w bok. — I tak muszę otworzyć na dole. Ava zaraz będzie, żeby zacząć gotować.

Zatrzymał się na krótką chwilę, by ją pocałować, a kiedy Bull i Kaleb ruszyli w stronę motocykli, szybko wyszeptał jej do ucha — Dwunastego jest aukcja w Vegas, każą mi przewieźć nowych tam na dół, z Cashem. I chyba Bull podłożył pluskwę pod twoim stolikiem kawowym.

Nie powiedziała nic, ale lekkie zaciśnięcie palców na jego ramieniu powiedziało mu, że przekaz dotarł.

Liane pomachała, gdy motocykle zaryczały i odjechały, jak przystało grzecznej dziewczynie, po czym mruknęła pod nosem kilka soczystych przekleństw, odwróciła się i szybko pobiegła z powrotem po schodach.

Poruszała się bezszelestnie po mieszkaniu, opadła na podłogę obok stolika kawowego i przetoczyła się na plecy, by zajrzeć pod blat.

Pluskwa była mała. Schludna. Pewnie służbowa, rządowa — podejrzewała — ale nie odważyła się jej wyciągnąć, żeby obejrzeć z bliska. Zamiast tego cicho się wycofała, wstała i poszła do kuchni, mrużąc oczy. Gdzie stał Kaleb i czego dotykał?

Znalazła kolejną pluskwę w sztucznej roślinie w doniczce na kuchennym parapecie. Bull nawet się do niej nie zbliżył, więc to Kaleb musiał ją podłożyć. Co oznaczało, że byli podejrzliwi... musiała założyć, że wobec niej, skoro do Drew najwyraźniej mieli już pełne zaufanie, bo inaczej nigdy nie pozwoliliby mu zobaczyć grupy, którą zamierzali przemycić do kraju.

Służbowy sprzęt, pomyślała, po czym zastanowiła się, *kto słucha po drugiej stronie?*

Wychodząc z mieszkania najciszej, jak potrafiła, zeszła na dół, by wpuścić Avę do kuchni, po czym powiedziała swojej kucharce, że na chwilę wychodzi. Miała już wsiadać do pick-upa, kiedy przyszło jej do głowy, że jego też mogli podpiąć pod podsłuch. Mogli nawet założyć lokalizator.

— Cholera jasna, do kurwy nędzy — mruknęła żarliwie, po czym odwróciła się od samochodu i przeszła kilka metrów ścieżką w stronę jeziora, którą z Drew wybrali na pierwszy spacer. Przystanęła nasłuchując, ale o tej porze na parkingu nikogo nie było i nie wyobrażała sobie, by którykolwiek z Braci czaił się tutaj na wszelki wypadek, gdyby akurat postanowiła pójść w tę stronę.

Zanim wyszła z mieszkania, wyjęła z kryjówki telefon na kartę i teraz właśnie go wyciągnęła. Tak blisko zajazdu mogła podpiąć się do własnego Wi-Fi i VPN; zajęło jej tylko parę minut, by otworzyć zaszyfrowany adres e-mail, stworzony specjalnie do tego celu, i wysłać maila do Jessikah ze wszystkimi najnowszymi informacjami. Kasując historię przeglądarki i wylogowując się, schowała telefon i wyjęła drugi, uruchamiając bezpieczny komunikator, którego używała do kontaktu ze swoimi szefami.

Mogłam zostać spalona. Cele podłożyły dziś rano w moim mieszkaniu urządzenia podsłuchowe. Wyglądają na służbowy, rządowy sprzęt.

Poczekała i niedługo potem przyszła odpowiedź.

To może być okazja, by zdemaskować kreta, dzieląc się błędnymi informacjami.

— Was pogięło? — mruknęła Liane, wystukując kciukami odpowiedź.

Próby tego typu tylko potwierdzą, że jestem wtyką. Z szacunkiem odmawiam ryzykowania w ten sposób przykrywki, dopóki nie przyjdzie czas na wyjście. Mam nowe informacje, ale muszą pozostać ściśle tajne. O ile mi wiadomo, tylko Drew i ja wiemy o nich poza Brethren.

Poprzedniego wieczoru podjęła decyzję, że nie da się ukryć, że wie, iż „towarem", który przychodzi, są ofiary handlu ludźmi. Będą potrzebować zbyt wielu innych zasobów na podorędziu.

Jak w pełni się spodziewała, jej szef wyraził szok z powodu handlu ludźmi... a potem w zasadzie stwierdził: *To nie nasz problem, przekażę to FBI.*

Liane wzięła głęboki oddech, świadoma, że kolejnymi słowami może zaryzykować karierę, ale i tak je wystukała.

Choć Bull sugerował, że kret jest z DEA, nie ufam nikomu spoza naszej agencji. Uważam, że powinniśmy zająć się tym sami.

To nie twoja robota. Zostaw to FBI.

Nie zamierzam siedzieć z założonymi rękami i na to patrzeć, i Drew też nie. Podejmiemy działania. Potrzebuję wsparcia.

Niemal słyszała, jak jej szef syczy przekleństwa, ale w końcu przyszła odpowiedź. *Będę mieć czwartego w okolicy zespół uderzeniowy. Załatw mi konkretne informacje: kiedy i gdzie, i bądź gotowa do ewakuacji siebie i Murphy'ego.*

Dziękuję. Nie pożałujecie.

Obyś to nie ty pożałowała, brzmiała nieco złowieszcza riposta, i Liane skrzywiła się, zanim zamknęła aplikację, schowała telefon i ruszyła z powrotem w stronę zajazdu, ze spuszczonymi ramionami. Rok pracy i być może właśnie miała wyrzucić karierę w diabły, bo jeśli akcja nie pójdzie absolutnie perfekcyjnie, wszystkie agencje będą szukać kozła ofiarnego — a Liane doskonale wiedziała, kto nim zostanie.

Ale znów zobaczyła w myślach minę Drew, gdy opisywał kobiety i dzieci w klatkach, nieszczęście, strach i rozpacz na ich twarzach. I chciwą żądzę na twarzy Kaleba, kiedy patrzył na tę małą chińską dziewczynkę, którą sobie wybrał.

I wiedziała, że nie ma innej drogi. To był jedyny wybór, niezależnie od ceny, jaką ona czy Drew przyjdzie za to zapłacić.

ROZDZIAŁ SIEDEMNASTY

Drew w końcu odkrył, dlaczego jego kuzyn wybudował przy swojej ruderze tak ładną, nową stodołę, kiedy Bull wysłał jego i Kaleba, żeby przygotowali ją na przyjazd gości. Pomyślał, że pewnie Brethren zapłacili za to cholerstwo, gdy razem z Kalebem rozkładali gumowe maty na podłodze i odstawiali w kąt stertę wiader, najwyraźniej przeznaczonych na prowizoryczne toalety. Kilka dziwnych elementów, na które wcześniej nie zwrócił uwagi, też nagle nabrało sensu; żelazne pierścienie osadzone w betonowej posadzce w równych odstępach najwyraźniej miały służyć do przytwierdzania łańcuchów i kajdan.

Cele były drogie w budowie, a choć obiekt w Edmonton najwyraźniej miał trzymać jeńców dłużej, zanim ruszą dalej, z tego, co mówili Bull i Kaleb, w stodole mieli ich trzymać tylko jedną noc, zanim pojadą na aukcję do Vegas. Po co więc wydawać kasę i fatygować się z budowaniem cel, skoro można ludzi po prostu skuć jak zwierzęta?

Drew poczuł w ustach smak krwi i zorientował się, że przygryzł sobie od środka wargę. Wypuścił gwałtownie powietrze nosem i zmusił się do skupienia, korzystając z technik oddechowych, których nauczył się dawno temu. Ćwiczona cierpliwość. Był w tym dobry. Leżał kiedyś przez pięć dni na odludnym, skalistym zboczu góry, w palące upały i przenikliwe noce, czekając na okazję do oddania strzału do celu, który — jak się okazało — został zabity tydzień wcześniej w ataku drona. Przynajmniej tym razem był niemal pewien, że naprawdę dokończy misję.

— Wychodzę — krzyknął Kaleb od drzwi. — Idę do Gerry'ego, pomóc mu się tam przygotować.

— Chcesz, żebym poszedł z tobą? — Drew starał się nie zabrzmieć zbyt gorliwie, ale dom Gerry'ego wciąż był jedyną lokalizacją, której ani on, ani Liane nie zdołali namierzyć. Brethren dziwnie się z tym kryli. Teraz, kiedy był pełnoprawnym członkiem, liczył, że go wreszcie wprowadzą w temat.

— Nie — odkrzyknął Kaleb. — Do jutra.

— Cholera — mruknął Drew, gdy Kaleb wyszedł. Próbować go śledzić nie miało sensu: na cichych, wiejskich drogach rzucałby się w oczy. Westchnął, zamknął drzwi stodoły i rozejrzał się.

Może lepiej wziąć karabin i poćwiczyć jeszcze strzelanie do tarczy. Od kilku wizyt na strzelnicy z Liane przyzwyczajał się do Glocka i zdecydowanie robił postępy, ucząc się kompensować fakt, że ma tylko jedno sprawne oko. Dawało mu to pewność, że z czasem znów nauczy się celnie strzelać z karabinu.

Wchodził po schodkach do chaty, kiedy cichy gwizd kazał mu się rozejrzeć. Uniósł brwi ze zdziwieniem, gdy Jason Hunter wysunął się spomiędzy drzew za chatą.

— No proszę, nieznajomy. Często kręcisz się po moich lasach? — przywitał go.

— Tylko gdy fotopułapka, którą założyłem przy twoim podjeździe, da mi znać, że ktoś wjechał — odparł bez cienia emocji Jason, czym go zaskoczył. — Chciałem sprawdzić, jak idzie. Ale pierwszy raz jesteś tu sam.

Myśląc o pluskwie założonej w mieszkaniu Liane, Drew skinieniem odprawił Jasona od chaty. Szeryf rzucił mu zaciekawione spojrzenie, ale poszedł za nim w głąb lasu, aż chata i stodoła zniknęły im z oczu.

— Byłem w Edmonton parę dni temu — zaczął Drew.

Brwi Jasona wystrzeliły w górę, a jego wyraz twarzy z każdą chwilą był coraz posępniejszy. — Jezu — powiedział w końcu, gdy Drew skończył meldunek. — Handel ludźmi. Cholera. To się składa w całość.

— W jakim sensie?

— Manhunters. — Jason kopnął luźny kamień i wsunął dłonie w kieszenie, marszcząc czoło w zamyśleniu. — W tamtej sprawie zostało kilka luźnych końców, które nigdy do siebie nie pasowały. Znasz podstawy... że mój wujek, wraz z bandą kolesi, w tym moim poprzednikiem, urządzali polowania na ludzi w lasach wokół Woodvale, a ciała wrzucali do jamy z kośćmi na podwórku za domem wujka?

Drew kiwnął głową. Leżał w szpitalu, dochodząc do siebie po pierwszej z kilku operacji oka, kiedy sprawa wypłynęła, i widział mnóstwo materiałów w wiadomościach.

— W tej jamie znaleziono osiemdziesiąt sześć ofiar, a sześciu wciąż nie zidentyfikowano. Wszyscy to mężczyźni. Analiza DNA pod kątem pochodzenia etnicznego wykazała, że czterech to Azjaci — Kambodżanie, Tajowie i Chińczycy — a dwóch to Latynosi.

— Myślisz, że to bliscy części ofiar przemytu — podchwycił Drew oczywisty wniosek.

— To ma sens, prawda? Dorośli mężczyźni średnio się przydają przemytnikom ludzi. Można by ich sprzedać jako niewolniczą siłę roboczą, ale rynek na to nie może być duży. A jeśli sprawiali kłopoty... bardzo możliwe, że mój wujek chętnie wziął ich od Brethren. — Jason pokręcił głową i splunął, jakby miał w ustach paskudny smak. — I to tłumaczy inne zaginięcia. Nasz dziennikarski znajomy Barry latami śledził zniknięcia, bo w tej części stanu ginęło zbyt wielu ludzi i żaden się nie odnajdywał. Nie wszyscy wylądowali w jamie z kośćmi. Wciąż brakuje około pół tuzina osób... i wszystkie to młode kobiety, w tym bratanica stanowego senatora, której zniknięcie zainteresowało Barry'ego na początku. FBI podejrzewało, że w regionie działa *inny* seryjny morderca, polujący na młode kobiety.

— Nie seryjny morderca. Handlarze ludźmi. — Drew zrozumiał. — Manhunters i Brethren mieli układ oparty na wzajemnych przysługach. Brethren brali wszystkich, na których dało się zarobić w handlu ludźmi, a reszta szła do Manhunters.

— Im dłużej o tym myślę... Emily Darnell i Sasha Thoms są mniej więcej w wieku Kaleba, możliwe, że chodzili razem do szkoły. Wracały z Boise z uczelni, zniknęły na parkingu przy autostradzie. Rodzice twierdzili, że nie poszłyby z obcym... ale może wsiadły do auta do kogoś, kogo dobrze znały. Do starego szkolnego kolegi.

— Same się podały na tacy — znowu poczuł, że go mdli na samą myśl.

— Młode, białe i ładne. W Vegas poszłyby za dobrą cenę.

— Myślisz, że one wciąż żyją?

— Może. — Jason wyglądał na uderzonego tą myślą. — To całkiem możliwe. Pogadam z Carruthersem, moim kontaktem w FBI.

— Przynajmniej znamy ich nazwiska — powiedział ponuro Drew. — Ledwo znoszę myśl o wszystkich pozostałych, których przemycono w Bóg wie jakie piekła.

— Ja też. Przynajmniej możemy pomóc tym, którzy wkrótce przejdą przez granicę. A co z twoim miejscowym kontaktem, agentem pod przykrywką? Zdał już meldunek przełożonym i jaki mają plan?

Drew uświadomił sobie, że nie miał dotąd okazji powiedzieć Jasonowi, kim jest jego kontakt. Zawahał się tylko na moment, po czym ujawnił tożsamość Liane: ufał Jasonowi bez zastrzeżeń i wiedział, że informacja nie wyjdzie dalej. Gdziekolwiek był przeciek w DEA czy FBI, zaczął się jeszcze zanim Jason pojawił się w okolicy.

Jason zamrugał. — Liane... z przydrożnego baru? — Zabrzmiał z niedowierzaniem. — Ona jest agentką pod przykrywką?

— ATF. — Drew kiwnął głową. — Działa tu już od ponad roku.

— Nigdy bym nie zgadł, że to ona! Cholera. Świetna z niej aktorka. — Jason wyglądał wyraźnie pod wrażeniem.

— Jest. Planuje dziś zameldować przełożonym, ale nie wyglądała na szczególnie przekonaną, że będą zachwyceni interwencją. Handel ludźmi nie leży w ich kompetencjach. Myśli, że będą chcieli zrzucić to na FBI, ale to ryzykowne, bo wciąż nie mamy pewności, że kret faktycznie jest z DEA. Albo że jest tylko jeden kret.

— Co za bajzel. Myślisz, że będą siedzieć z założonymi rękami?

— Możliwe. Liane nie, i ja na pewno też nie.

— To zgaduję, że chciałbyś wsparcie? — Jason się uśmiechnął, a w tym nieco drapieżnym wyrazie Drew zobaczył stary głód akcji. Czuł, jak i w jego żyłach rośnie to samo — adrenalina pompowała, gdy zbliżał się czas walki.

— Myślę, że zrobimy to tutaj. — Drew wskazał stodołę. — Poczekamy, aż przywiozą wszystkich pojmanych, skuć ich, rozsiądą się, żeby odpocząć przez noc. Tylko nie wiem, ilu dokładnie będzie ludzi z Brethren: nie wiem, czy kanadyjska ekipa przejdzie granicę i czy zostaną na noc, czy nie.

— Daj znać, jeśli będziesz mógł. Założę, że może być kilku dodatkowych przeciwników.

— A jeśli ATF jednak zechce się przyłączyć, poproszę ich, żeby skontaktowali się z tobą, żebyście sobie tu nie wchodzili w drogę.

— Jasne. Byle tylko nie próbowali trzymać mnie z dala od akcji!

Jason zniknął w lesie tak cicho, jak się pojawił, a Drew pokręcił głową z odrobiną zazdrości. Sam był całkiem skryty — musiał się tego nauczyć, by podejść na pozycję i leżeć dniami w ukryciu, czekając na strzał — ale Jason Hunter był duchem.

Wracając do chaty, Drew wszystko pozamykał, po czym wskoczył na motocykl. Musiał zobaczyć się z Liane i powiedzieć jej, że rozmawiał z Jasonem, choć będą musieli pogadać z dala od przydrożnego baru. Wciąż nie mógł do końca uwierzyć, że Bull założył w mieszkaniu Liane pluskwę, ale nie było innego logicznego wytłumaczenia — przynajmniej takiego, na które sam by wpadł — dla jego dziwnego manewru pod stolikiem kawowym wcześniej.

M muszą podejrzewać Liane, pomyślał, jadąc z powrotem do Redstone Creek. *Wiedzą, że w miasteczku na pewno jest agent pod przykrywką, ale nie wiedzą kto. Muszą iść metodą eliminacji: każdy, kto nie urodził się tu na miejscu, a stosunkowo regularnie ma do czynienia z Brethren.* Z jakiegoś powodu najwyraźniej odepchnęli podejrzenia od Drew. Może dlatego, że przyjechał do miasteczka po tym, jak ostrzeżono ich, że agent już działa, a także ze względu na więzy krwi z Jacobem, któremu Bull i Kaleb przynajmniej najwyraźniej całkowicie ufali i go lubili. Drew wiedział, że jest wystarczająco podobny do Jacoba, by motocykliści dali się uśpić w fałszywym poczuciu bezpieczeństwa. Trudno nieufnie podchodzić do kogoś, kto wygląda jak przyjaciel i zachowuje się dokładnie tak, jak spodziewaliby się po kimś podzielającym ich ideologię. Stare porzekadło: *jeśli coś wygląda jak kaczka, chodzi jak kaczka i kwacze jak kaczka, to najpewniej jest kaczką.* Transport narkotyków, który on i Kaleb przywieźli z Kanady i który dotarł do celu bez przechwycenia, nadajników, czy choćby informacji, że jedzie, w DEA, najwyraźniej był ostatnim elementem, który przekonał Bulla, że można mu ufać.

Przydrożny bar wyłonił się w zasięgu wzroku i Drew odpuścił manetkę, skręcając na parking i stając w zwyczajowym miejscu Brethren. Nie było innych motocykli, ale przypomniał sobie, że to niekoniecznie znaczyło, iż nikogo z ludzi Brethren nie ma na miejscu.

— Hej, przystojniaku — zawołała Liane zza baru, gdy wszedł do środka, a on przeszedł prosto za ladę i pochylił się, by ją pocałować.

— No hej.

— Tak szybko wróciłeś? Nie możesz beze mnie wytrzymać, co? — Uśmiechnęła się do niego zaczepnie. Grała pod publiczkę, którą było pół tuzina stałych bywalców na stołkach przy barze, już wciągniętych w swoje wczesnopopołudniowe piwa. — Hej, Joe, przejmiesz bar na chwilę? Chcę ukraść parę minut z moim facetem.

— Jasne, szefowo — odparł wesoło drugi barman. — Poradzę sobie z tymi idiotami. Idziecie na górę?

— Na zewnątrz, zaczerpnąć świeżego powietrza. Tyle roboty, że nie pamiętam, kiedy ostatnio poszłam na spacer. Chodź, przejdziemy się nad jezioro. — Wsuwając dłoń pod ramię Drew, poszła z nim chętnie.

— Miałaś rację — powiedziała cicho, gdy szli ścieżką między wysokimi sosnami za przydrożnym barem; słychać było tylko śpiew ptaków i chrzęst suchych igieł pod butami. — Bull założył pluskwę pod stolikiem kawowym, a Kaleb podłożył następną w mojej kuchni.

— Myślę, że to łowienie na chybił trafił. Wiedzą, że jest agent pod przykrywką, i idą metodą eliminacji.

Prychnęła. — Drogi połów na chybił trafił. Jestem prawie pewna, że pluskwa jest rządowa.

Drew wydął usta w niemy gwizd. To dodawało nowy wymiar. — Myślisz, że ktoś słucha na żywo? Ktoś na rządowym etacie?

— Może. Muszę ci powiedzieć, że mam do wszystkich bardzo mało zaufania. Zdałam meldunek szefowi o ofiarach handlu ludźmi w drodze i chciał to zrzucić na FBI. Odmówiłam wprost i przeforsowałam, żeby zgodził się wystawić zespół szturmowy, który nas wesprze czwartego.

— Mamy też inne wsparcie — powiedział Drew i streścił jej rozmowę z Jasonem.

Doszli do brzegu jeziora i stanęli przy małym, drewnianym pomoście, patrząc na błękitną toń. Na wodzie kołysały się łodzie, coraz liczniejsze, odkąd zaczęli zjeżdżać letni turyści. Obrazek jak z pocztówki, spokojny i piękny, i Drew aż trudno było uwierzyć, że tak blisko czai się brzydota. Większość jego służby liniowej upływała w surowych, bezlitosnych sceneriach, pod palącym pustynnym słońcem albo wśród poszarpanych, niegościnnych górskich grani. Wiosna i lato w północnym Idaho były zwodniczo spokojne i bezpieczne, a jednak jego życie było teraz tak samo zagrożone, jak kiedykolwiek.

Tak samo i Liane, co sprawiło, że w jego żołądku osiadło bardzo nieprzyjemne uczucie. Służył u boku kobiet — wprawdzie dopiero niedawno mogły zostać Rangerami, ale pracował z wieloma żołnierkami z regularnej armii, kierowczyniami i oficerami logistyki na wszystkich szczeblach, a także z pilotami śmigłowców i samolotów, których szanował — ale nigdy nie szedł do akcji z kobietą, do której coś czuł, u boku, i sprzeciwiało się to każdemu jego instynktowi.

— To musi być jezioro — powiedziała nagle Liane, a on aż mrugnął.

— Co?

— Tak musi przyjść transport czwartego. I dlatego wybrali tę datę. — Wskazała na wodę. — Północna część jeziora leży w Kanadzie, granica biegnie przez środek. Normalnie Straż Graniczna ma tu pełne ręce roboty — mają kilka łodzi patrolowych — ale czwartego, w tym roku to sobota, na jeziorze będzie istne szaleństwo. Łodzie wszędzie. Jeśli masz dwie, które wyglądają prawie identycznie, bez trudu mogą się zamienić miejscami na środku jeziora. Ba, można by ludzi nawet przepławić wpław między dwiema łodziami.

Miało to sens. Bardzo dużo sensu. I wprowadzało nowy wymiar tego, z czym potencjalnie przyjdzie im się mierzyć.

— To znaczy, że ktoś z Brethren ma łódź — powiedział Drew na głos, myśląc. Był już w domach praktycznie wszystkich, widział ich pojazdy, ba, czyścił je wszystkie, gdy był na okresie próbnym. Nikt z nich nie mieszkał nad brzegiem jeziora ani nad strumykiem, od którego Redstone Creek wzięło nazwę, i nie widział łodzi na przyczepie w żadnym garażu ani na podwórku.

— Wciąż nie wiesz, gdzie mieszka Gerry, prawda? — Liane ubrała w słowa dokładnie jego myśl. — To musi być on. On i Jacob zawsze gadali o wspólnym wędkowaniu.

— Co ciekawe, mnie jeszcze nie spytał, czy lubię łowić — mruknął Drew.

— Może to eufemizm. Z wędkowaniem nie ma nic wspólnego.

— Chyba trafiłaś w sedno. — Jezioro musiało być kluczem. Drew cały czas nie mógł zrozumieć, czemu Brethren zbierają ofiary handlu ludźmi w jedną dużą grupę, zamiast przerzucać je pojedynczo albo małymi partiami przez granicę. Łódź z porządnym pomieszczeniem pod pokładem — można by ich upchnąć jak sardynki i przerzucić bardzo szybko.

— Nie mogę uwierzyć, że to już prawie koniec — powiedziała wtedy Liane, a on odwrócił głowę, by spojrzeć na nią porządnie, bo szła po jego prawej stronie i chorym okiem jej nie widział.

— Nawet tydzień nie został — zauważył.

— Siedzę tu tak długo. — Potarła ramiona i pokręciła głową. — Nie wiem, co ze sobą zrobię, bez tego całego zgiełku przy prowadzeniu przydrożnego baru.

— Co się z nim stanie, kiedy odejdziesz?

Wzruszyła ramionami. — Nie mój problem. Napisałam referencje dla mojej ekipy, które zostaną wysłane pocztą na ich domowe adresy, kiedy to się skończy. Mają adres mailowy do kontaktu, który prowadzi do skrzynki w ATF. Bez możliwości dotarcia do mnie osobiście, ale oni na tym nie stracą.

Liane dbała o ludzi, pomyślał Drew: o Merricka, Avę, Joe i całą resztę. Wlała w ten bar dużo siebie.

— A ty co zrobisz, kiedy będzie po wszystkim? Weźmiesz kolejną robotę pod przykrywką?

Przygryzła dolną wargę, zanim w końcu mu odpowiedziała. — Nie. Chyba mam dość. Mam już dość stażu, żeby dostać stanowisko, jakie chcę, w dowolnym miejscu agencji. Muszę tylko zdecydować, gdzie.

Nie zapytała o *jego* plany, pomyślał Drew, gdy zawrócili i ruszyli z powrotem ścieżką do przydrożnego baru.

Może instynktownie wyczuwała, że poza ukończeniem tej misji i ochroną jej do samego końca, naprawdę żadnych planów nie ma.

ROZDZIAŁ OSIEMNASTY

CZWARTEGO LIPCA ŚWIT BYŁ jasny i słoneczny, na niebie ledwie chmurka, choć w powietrzu, jak zawsze, dało się wyczuć nutkę dymu od odległych pożarów lasów, zauważyła Liane, kiedy wyszła z mieszkania i zeszła po schodach. Drew szedł przed nią i już po spiętych barkach widziała, że napięcie daje mu się we znaki. Oboje od dni zmagali się ze stałym dokręcaniem śruby i nawet nie mogli o tym pogadać w obawie przed pluskwami Braci.

Bracia planowali wpaść do zajazdu na lunch i spotkać się tam z Drew, więc wiedzieli, że rano nic się nie wydarzy. Liane i tak postanowiła zamknąć zajazd po południu; z doświadczenia z zeszłego roku wiedziała, że nawet stali bywalcy spędzają ten dzień z rodzinami i ruch będzie marny. Poza tym miała być zajęta.

— Hej — powiedziała cicho do Drew, kiedy doszli do drzwi zajazdu i wyjęła klucze. — Wszystko w porządku?

— Ta. Cisza przed burzą, co? Uśmiechnął się do niej, ale widziała, że to wymuszone. Impulsywnie zostawiła klucze w zamku, wspięła się, objęła go za szyję i przyciągnęła do siebie, aż ich czoła się zetknęły.

— Będzie dobrze — wyszeptała, próbując dodać otuchy sobie tak samo jak jemu. Próbując wymóc wolą taki właśnie finał.

Jego dłonie powędrowały na jej talię, choć nic nie powiedział, tylko odwrócił nieco głowę, by musnąć jej usta powolnym, długim pocałunkiem.

Oboje wiedzieli — choć żadne nie powiedziało tego na głos — że to może być ostatni raz, kiedy są tak zupełnie sami. Ostatni raz, kiedy się całują, choć Liane gorąco pragnęła, żeby nie. Żeby jakoś, gdy to wszystko się skończy, udało im się znowu siebie odnaleźć.

Nie uważała jednak, by było to prawdopodobne. Ona wróci do DC na debriefing, a choć pewnie prędzej czy później będzie musiała wrócić, by zeznawać na procesach członków Braci, kto wie, gdzie wtedy będzie Drew? Jemu też przyjdzie opuścić okolicę, a żadnych planów nie wspominał, tylko mruknął coś o Guàlize, z wszystkich miejsc właśnie o tym, i o tym, że może trafi mu się tam robota.

— Uważaj tam na siebie. — Jego głos zabrzmiał chropawo tuż przy jej skroni. — Nie wiem, czy zniosłbym, gdyby coś ci się stało.

— To ty będziesz w większym niebezpieczeństwie niż ja. *Ty* uważaj.

— Tak jest, szefowo.

Guz rosnący jej w gardle zmusił ją do zamknięcia oczu przed piekącymi łzami. — Dziękuję — wyszeptała.

— Za co?

— Za wszystko. Że tu jesteś. Że jesteś sobą.

Jego wargi musnęły jej czoło, leciutko jak piórko. — Nie zaszedłbym tak daleko bez ciebie. Plątam się po omacku, cud, że nie spieprzyłem ci akcji.

Liane wydusiła śmiech przez zaciśnięte gardło. — Nie byłoby akcji bez twojego rozpoznania. Nie umniejszaj sobie. Byłby z ciebie świetny agent pod przykrywką.

— Jestem prawie pewien, że żadna z tych trzyliterowych agencji by mnie nie wzięła, z jednym sprawnym okiem.

— Byłoby głupotą odrzucić cię tylko z tego powodu, a poza tym to nie jedyni gracze w mieście. Jeśli ta twoja sprawa w Guàlize nie wypali, odezwij się. Moja siostra pracuje dla prywatnej firmy. Mogliby mieć dla ciebie robotę.

— Wezmę to pod uwagę.

Dźwięk samochodu wjeżdżającego na parking sprawił, że Liane niechętnie odsunęła się o krok. To był Merrick, przyjechał na swoją zmianę; Ava już pewnie była w kuchni, szykując lunch. Merrick skinął im sztywno, gdy zbliżył się do drzwi. Do Drew się nie przekonał, zawsze łypał krzywo na jego kamizelkę z naszywkami Braci.

— Muszę lecieć. Spotykamy się u Bulla, a potem wracamy tu na lunch. Pytałem, czy mogę dołączyć dopiero tutaj, ale Bull powiedział nie — powiedział Drew dość głośno, by Merrick usłyszał, gdy Liane skończyła otwierać drzwi i pchnęła je. — Brzmi głupio, ale jak szef mówi: skacz, to pytamy: jak wysoko.

Merrick prychnął pogardliwie, przecisnął się obok nich do środka i włączył światła. Liane go zignorowała, na moment ścisnęła dłoń Drew. Nie chciała go puszczać, jakiś pierwotny instynkt w niej ostrzegał, żeby tego nie robić. — Trzymaj się.

— Ty też. — Uścisnął jej dłoń i spojrzał prosto w oczy. — Będzie dobrze, Liane.

Naprawdę miała taką nadzieję, ale kiedy patrzyła, jak odchodzi, wsiada na motocykl i ryczy w dół szosy, ściskało ją w środku.

— To tylko nerwowe wyczekiwanie — wyszeptała do siebie, zmuszając się, by odwrócić wzrok od znikającej sylwetki Drew. — Wszystko pójdzie jak w zegarku.

Nie żeby którakolwiek akcja, w której brała udział, kiedykolwiek poszła dokładnie według planu, ale odgoniła natrętną myśl, wyprostowała plecy. Miała robotę do zrobienia.

Tuż przed południem drzwi zajazdu otworzyły się, wpuszczając kolejną grupkę w poszukiwaniu lunchu — przynajmniej tak założyła Liane, dopóki nie rozpoznała mężczyzny na czele, Terrence'a Mallona, dowódcę oddziału uderzeniowego ATF, z którym kiedyś już pracowała. Ich spojrzenia się spotkały i jego oczy się rozszerzyły.

Nie znasz mnie, pomyślała ostro Liane, odwracając wzrok, jakby kompletnie niezainteresowana. I, *co do cholery?* Czy jej szef nie uprzedził oddziału uderzeniowego ATF, że jest w zajeździe? Przynajmniej nie mieli na sobie żadnych oznaczeń, ale bardziej policyjnie wyglądać już się nie dało.

— Nie mamy już wolnych stolików na lunch — oznajmił beztrosko Merrick Terrence'owi.

— A co z tamtym stolikiem? — jeden z członków oddziału wskazał stolik Braci, jeszcze nie zajęty.

— Rezerwacja — ucięła Liane. — Przykro mi, dziś mamy urwanie głowy. Nie pomożemy.

— I tak nie jestem pewien, czy zaufałbym tutejszemu żarciu. — Terrence nie spojrzał na nią, mówiąc do swojego zespołu z rozbawieniem. — Wygląda raczej obskurnie. Chodźcie, weźmiemy kanapki czy coś na stacji i lecimy dalej.

Wynoście się stąd, zanim Bracia przyjadą, pomyślała w ich kierunku Liane z naciskiem. I miała nadzieję, że nie jadą czarnymi SUV-ami, które są standardem na rządowej flocie, bo jeśli Bracia zobaczą gdzieś w pobliżu parę takich, mogą się spłoszyć i odwołać transfer.

— Kto to był? — zapytał zaciekawiony Merrick, gdy drzwi znów się zamknęły.

— Skąd niby mam wiedzieć? — Liane wzruszyła obojętnie ramionami. — Nie mam czasu martwić się przyjezdnymi, skoro nawet nie możemy ich nakarmić. I tak były z nich chamowate buce. Pewnie nie zostawiliby ci dużego napiwku. W przeciwieństwie do Andrade'ów, więc leć i przyjmij ich zamówienie, młody. Wskazała Merrickowi stolik, przy którym starsze małżeństwo — stali bywalcy — próbowało zwrócić jego uwagę.

Przez okno zobaczyła Terrence'a, który przystanął przy swoim aucie — na szczęście szarym, nie czarnym SUV-ie — jakby oczekiwał, że wyjdzie i go zbriefuje. Co za idiota. Zdecydowanie poruszy to później z szefem.

Z drugiej strony, pomyślała, przygotowując drinki na autopilocie, może jej szef po prostu zachowywał ostrożność i dzielił informacje na sekcje. Informacje wysyłane przez samą Liane wylądowały w niepowołanych rękach — choć to było zanim na pewno dowiedzieli się o krecie w DEA. To nie znaczyło jednak, że nie mogło być kreta także w ATF. Nieinformowanie nikogo dokładnie, gdzie się znajduje, było dla niej kolejną warstwą zabezpieczenia. Na tym etapie przynajmniej ostrzec Terrence'a, czego unikać, byłoby jednak mądre.

Bracia przyszli, co dziwne, bez Gerry'ego, który z niejasnych powodów się nie pojawił, zjedli posiłek z większym niż zwykle rechotem i porozumiewawczymi uśmieszkami. Wszyscy byli w świetnych nastrojach, wyraźnie czegoś oczekując, choć świadomość, czego, sprawiała, że Liane robiło się niedobrze, i trudno było jej się uśmiechnąć, kiedy brała stosik banknotów, które Cash położył na barze.

— Wesołego Czwartego Lipca — powiedziała w pogodnym tonie, a sekretarz gangu skinął głową.

— Wzajemnie. Wybierasz się wieczorem nad jezioro na fajerwerki?

— Jasne. Miałam nadzieję, że Drew może wpadnie?

— Mamy dziś po południu robotę. Sorry, dziewczyno.

— Bracia ponad dziwki, rozumiem. Jej mina jasno wskazywała, że średnio jej się to podoba.

Cash uśmiechnął się z aprobatą. — Pamiętaj o tym, a świetnie sobie poradzisz jako stara Drew.

Kosztowało ją to wszystko, by nie zamachnąć się i nie przyłożyć Cashowi w ten jego szyderczy uśmieszek. Zamiast tego tylko zacisnęła usta i wsunęła pieniądze do kasy. — Nie ma dziś Gerry'ego?

— Tęskniłaś, co? — zaśmiał się ordynarnie Cash, gdy Liane skrzywiła usta z niesmakiem. — Jest zajęty. Załatwia ostatnie sprawy przed... tym popołudniem. Nie martw się, jutro znowu tu będzie. Powiem mu, że o niego pytałaś.

Jutro mnie tu nie będzie, a ty i Gerry będziecie siedzieć w pierdlu. Liane aż paliła się, by to powiedzieć, ale zacisnęła wargi na tych słowach.

Drew zatrzymał się w drodze do wyjścia, by pożegnać się po cichu, nachylając się przez bar i muskając jej usta. Dobrze grał wyluzowanego, pomyślała, choć wiedział, że idzie w sytuację niewiadomą, gdzie masa nieprzewidywalnych zmiennych może zagrozić ich planowanemu finałowi.

— Trzymaj się — tylko na tyle się odważyła.

— Ty też. — Wymienili ostatnie spojrzenie, zanim dołączył do reszty i wyszedł.

O trzeciej równo zamknęła zajazd, a kilku opornym, którzy nie kwapili się dopić i wyjść, powiedziała, że to też jej święto i mogą spadać. Przyzwyczajeni do jej kąśliwego języka stali klienci roześmiali się i dość szybko opuścili lokal. Płacąc personelowi i chowając resztę dziennego utargu do sejfu, wydrukowała raporty z terminala kartowego na autopilocie, półgębkiem śmiejąc się z siebie, gdy uświadomiła sobie, że to bez znaczenia. Nigdy już tu nie postawi stopy.

Zaryglowawszy drzwi, ruszyła na górę, wzięła szybki prysznic i przebrała się w praktyczne spodnie cargo, buty trekkingowe, koszulę z długim rękawem i lekką kurtkę. Sprawdziła broń, schowała ją do kabury, wsunęła trzy dodatkowe pełne magazynki do kieszeni, zabrała telefon na kartę i rozejrzała się po mieszkaniu.

Nigdy nie trzymała tu niczego, bez czego nie mogłaby żyć. Prawdziwie osobiste rzeczy leżały na strychu w domu matki albo w jej szafce na rzeczy osobiste w siedzibie ATF w DC. Przez ostatni rok nagromadziła kilka rzeczy, które lubiła, ale niczego, za czym naprawdę by zatęskniła.

No, może poza Drew.

Z ironicznym uśmiechem Liane zamknęła za sobą drzwi i zeszła po schodach, kierując się do ciężarówki. Zamierzała zalogować się do zabezpieczonej aplikacji ATF i sprawdzić, gdzie ma się spotkać z zespołem terenowym Terrence'a.

Już trzymała klamkę w dłoni, kiedy w oknach ciężarówki zamigotały czerwono-niebieskie stroboskopy i zmusiły ją do odwrócenia się. Na parking z piskiem opon wpadł radiowóz szeryfa, kierowca wcisnął hamulec i ustawił auto pod kątem obok niej. Wyskoczył Jason Hunter, blady na twarzy.

— Mamy problem.

ROZDZIAŁ DZIEWIĘTNASTY

DREW PILNOWAŁ, BY ODDECH był równy i spokojny, jadąc swoim Harleyem na końcu grupy, jak przystało młodszemu stażem. Telefon Bulla zadzwonił, gdy wyjeżdżali z przydrożnego baru, a jego twarz pociemniała, kiedy słuchał rozmówcy, aż w końcu gwałtownie się rozłączył.

— Zmiana planu — warknął. — Jedziemy prosto do miejscówki Gerry'ego. Trzymać szyk.

W końcu zobaczę miejscówkę Gerry'ego, pomyślał Drew, żałując, że nie może dać Liane znać. Może później się uda. Choć nie zrobi tego telefonem, który dali mu Bracia, może zdoła się wymknąć i użyć jednorazówki od Liane. Znalazł sposób, by ją ukryć na motocyklu: przyczepił magnes do spodu mocowania silnika, a do niego małe metalowe pudełko z telefonem.

Grupa przejechała przez Redstone Creek i na jego drugi koniec, po czym skręciła w boczną drogę biegnącą wzdłuż potoku, który odchylał się od południowej strony jeziora. Kilka minut później Bull poprowadził ich w kolejny zakręt, tym razem na zarośnięty trakt, który mimo wszystko nosił ślady regularnego ruchu. To kiedyś była normalna asfaltowa droga, pomyślał Drew, gdy motocykl podskakiwał na popękanym asfalcie, przez którego szczeliny przebijały się mech i trawa. Sosny, wszechobecne w okolicy, rosły blisko przy drodze, utrudniając widoczność.

Wypadli z sosen i oczy Drew rozszerzyły się ze zdumienia na widok rozmiarów kompleksu budynków przed nimi. To nie była pojedyncza chatka, której się spodziewał, ani nawet dom; to było coś przemysłowego, choć podupadłe.

Tartak, pomyślał, patrząc na układ. Stary, taki, który pewnie wykorzystywał dogodny bieg potoku, by spławiać kłody z jeziora w dół. Z wyglądu był zamknięty od lat, może i dekad, ale co najmniej jeden z budynków wyglądał na lepiej utrzymany. Bracia zatrzymali motocykle przed nim i zgasili silniki; dudnienie zamarło w zupełną ciszę. Drew nie słyszał nawet śpiewu ptaków.

Ten budynek wyglądał bardziej na dom niż pozostałe, pomyślał; może dawne mieszkanie kierownika. Ktoś musiał przecież mieszkać na miejscu. I najwyraźniej teraz mieszkał tu Gerry, bo drzwi się otworzyły i biker wszedł na ganek.

Gerry wyglądał na wkurzonego tak samo jak Bull; może to on dzwonił. Drew zastanawiał się, o co chodzi, zdejmując kask i kładąc go na siedzeniu motocykla.

— *Ty* — wypluł Gerry, wskazując na niego.

— Co? — Drew nie zamierzał cofać się przed tym gówniarzem. Wysunął bojowo szczękę i zmierzył go twardym spojrzeniem.

Gerry podszedł do krawędzi ganku i rzucił coś Drew pod nogi. Ten odruchowo spojrzał w dół, marszcząc brwi w konsternacji, próbując rozpoznać pogięte kawałki metalu i plastiku.

— Co to?

— Nie pieprz mi tu! To pieprzona fotopułapka z czujnikiem ruchu. I znalazłem ją wymierzoną w twój podjazd. *Kurwa. Kamera Huntera.*

Drew ani przez moment nie pozwolił, by na jego twarzy pokazało się cokolwiek poza zdezorientowaniem. Kaleb odwrócił się i wpatrywał w niego z wyrazem czystej zdrady; Bull wyglądał na wściekłego, Cash — na kalkulującego.

— A co to, kurwa, ma wspólnego ze mną? — Jeśli okaże słabość, rozerwą go na strzępy. Jedyna nadzieja to zasiać wątpliwości i podziały. — Chyba nie myślisz, że to ja to tam, kurwa, założyłem? — Drew pozwolił, by w jego głosie i twarzy wybrzmiało oburzenie. — O co, do kurwy nędzy, mnie oskarżasz, Gerry? — Zrobił groźny krok naprzód.

— To *ty* to tam założyłeś? — wypalił nagle Kaleb i ku zdumieniu Drew patrzył na Gerry'ego, nie na niego. — Nigdy nie lubiłeś Drew. Próbujesz odwalić taki numer, żeby go wrobić, czy co?

Twarz Gerry'ego zrobiła się purpurowa, nadymał się jak żaba. Zeskoczył z ganku i ruszył, żeby capnąć Kaleba, ale Drew stanął mu na drodze.

— Zostaw Kaleba. Masz problem ze mną.

— Kurwa mać, że tak — syknął Gerry w jego stronę. — Od początku czułem, że coś z tobą śmierdzi. Gadasz o Jacobie, jakby mu słońce z dupy świeciło, ale jak był pijany, to prawił, jaką byłeś kiedyś nadętą, rozkapryszoną pizdą. Mówił, że kumplowałeś się z jakimś cholernym żółtkiem.

— Gówno prawda — syknął Drew, ale czuł, że nastroje się zmieniają. Przynajmniej Cash dotąd się wahał, zastanawiając się, czy to Gerry nie podłożył kamery. Teraz wszyscy patrzyli na niego z wątpliwością w oczach. — Jeśli to nie ty podłożyłeś tę kamerę, to zrobił to ktoś inny, bo na oczy jej wcześniej nie widziałem. — To powinno zabrzmieć wiarygodnie, bo było prawdą. Wiedział o jej istnieniu, ale nic ponadto.

— Kto by obserwował wyłącznie twoje miejsce i tylko twoje? — prychnął Gerry. — Sprawdziłem okolice przy wszystkich domach. Nigdzie więcej nie ma kamer.

— Dlaczego miałbym obserwować własny podjazd? — Drew starał się brzmieć logicznie. — Gdybym chciał pilnować bezpieczeństwa, to założyłbym kamerę na domu. Nie na podjeździe.

— Ale jakbyś chciał patrzeć, kto się zjawia i znika, to byś ją dał na podjazd.

Gerry wpatrywał mu się w oczy, stali nos w nos. Drew odmówił cofnięcia się.

— Ktokolwiek ją tam założył — odezwał się Bull, przerywając impas. Obaj spojrzeli na niego. — Jeśli to nie był Pan albo ktoś, komu Pan zdaje raporty...

— Jedyną osobą, której składam raporty, jest Pan! — Drew podtrzymał maskę urażonej niewinności.

Bull zmarszczył brwi. — Zamknij się. Ja mówię. Ktokolwiek to założył, obserwował Pańskie miejsce. A to znaczy, że absolutnie nie możemy tam zabrać towaru. Musimy go przerzucić prosto stąd... dzisiaj.

— I *on* nie może być w to zamieszany. — Gerry wbił Drew palec w pierś.

To był czysty instynkt: dłoń Drew strzeliła w górę, zanim w ogóle zdążył o tym pomyśleć. Pół sekundy później Gerry podskakiwał do tyłu, wrzeszcząc, gdy Drew wygiął mu palec pod nienaturalnym kątem.

— Dotknij mnie jeszcze raz, a każę ci ten palec zjeść! — warknął Drew.

— Puść go! — krzyknął Bull, ruszając naprzód.

Zagrożenie nadeszło jednak z drugiej strony, z jego ślepej strony. Drew usłyszał świst rozcinanego powietrza, ale nie zdołał uskoczyć; musiałby obrócić głowę zbyt daleko, starczyło tylko czasu, by jego zdrowe oko wychwyciło kawał kantówki, którą Cash właśnie zamachnął. Tuż zanim trafiła go w tył głowy.

— Jakiś problem, szeryfie? — zagadnęła Liane, grając na zwłokę.

— Tak. — Hunter spojrzał jej prosto w oczy. — Wiem, dla kogo tak naprawdę pracujesz, dlatego przyszedłem do ciebie. Drew Murphy ma kłopoty.

Zesztywniała. — Dopiero co przed chwilą wyszedł. Co się stało?

— Z Braćmi?

— Oczywiście. — Strach zagnieździł się jej w dołku.

— Założyłem na jego podjeździe fotopułapkę, żeby mieć oko na ruch... głównie po to, żebym wiedział, kiedy złapię go tam samego i pogadamy. Ktoś znalazł ją mniej więcej godzinę temu. — Wsunął jej telefon pod nos; niechętnie zerknęła na ekran. Przełknęła żółć, bo bez trudu rozpoznała faceta na krótkim, ziarnistym nagraniu, które się odtwarzało.

— To Gerry. Sierżant broni klubu. — Wyraźnie zarejestrowany na moment przed tym, jak kamera została zerwana z mocowania, a klip gwałtownie się urwał.

— Ktokolwiek — Drew czy ktoś inny — według nich ją tam założył, wiedzą, że lokalizacja jest spalona.

— A to znaczy, że zespół, który wezwałam, jest w złym miejscu! — jęknęła Liane. Nie winiła Huntera za założenie kamery, przynajmniej nie na głos; widziała po jego zbolałej minie, że i tak obwinia się sam. — Na pewno nie przywiozą tam teraz ofiar handlu ludźmi. Mogą odwołać całą akcję.

— Może, ale jeśli ty i Drew mieliście rację co do transportu, to wcale nie muszą. Kanadyjczycy mogą już być na wodzie.

— Za późno, żeby dać cynk Straży Granicznej? — zastanowiła się Liane.

— Prawdopodobnie za dużo łodzi na jeziorze. Przez cały dzień jedzie tu stały strumień łodzi na przyczepach. Dopóki nie mamy bardziej konkretnych informacji, jakich łodzi szukają — oraz pewności, że ktokolwiek, kogo zawiadomimy, nie jest na pasku Braci...

— No właśnie, a tego nie mamy. Co najmniej paru lokalnych funkcjonariuszy ze Straży Granicznej musi być umoczonych. — Liane chodziła tam i z powrotem, myśląc. — Muszę to zgłosić szefowi, przegrupować zespół. Zobaczyć, czy da się jeszcze uratować misję.

— I wyciągnąć Drew stamtąd, bo w najlepszym razie jest pięćdziesiąt na pięćdziesiąt, czy uwierzą, że nie wiedział o kamerze. Tylko gdzie?

Wpatrywali się w siebie.

— Nie wiem — przyznała Liane. — Nigdy nie ustaliliśmy, gdzie mieszka Gerry, a myślimy, że to on ma łódź.

— Założyliście Drew lokalizator?

— Nie, baliśmy się, że go znajdą. Zaskakująco dobrze sobie radzą z technologią i są nieźle wyposażeni — pluskwy, które podłożyli w moim mieszkaniu, były dobrej jakości, świeży rządowy sprzęt. I wymusili na Drew telefon low-tech. Bez GPS-u. Chociaż... — Pomyślała o tym i sięgnęła po własny telefon. Może Drew jakoś ma przy sobie jednorazówkę, którą mu dała. Albo Jessikah zdoła namierzyć ten prymitywny telefon po sygnałach odbijanych od masztów, jak obiecała. Dałoby to przynajmniej ogólny obszar, a ona z Hunterem może zawęziliby poszukiwania na miejscu.

— Ten telefon jest jakieś sześć mil na południe od ciebie — oznajmił spokojny głos Jessikah w słuchawce około pięć minut później. — Nie ruszył się od pół godziny, ale wcześniej był w twoim barze przydrożnym. Całą noc...

— Dzięki, Jess — pośpieszyła Liane. — Muszę lecieć...

— Oddzwoń, zanim wejdziesz — rozkazała Jessikah. — Podłączę się do satelity i będę mogła dać ci wsparcie operacyjne w czasie rzeczywistym.

Po raz kolejny Liane zastanawiała się, do jasnej cholery, dla kogo teraz pracuje jej siostra: to był poziom dostępu jak NSA, a prywatna firma? Odgoniła jednak to pytanie na razie, już wybierając kolejny numer, gotowa przekazać szefowi złe wieści.

— Wejdziemy pierwsi — oznajmiła. — Jesteśmy dużo bliżej.

— Pani i ten miejscowy szeryf?

Słyszała w głosie szefa cyniczną pogardę.

— Ja i były Ranger — sprostowała — który zna te lasy jak własną kieszeń.

Jason Hunter rzucił jej szybkie, ukradkowe spojrzenie, ale już stał przy bagażniku samochodu, wyciągając i zakładając kamizelkę kuloodporną. Wyciągnął w jej stronę drugą i Liane przyjęła ją z wdzięcznością.

— Odrabiałaś pracę domową na mój temat. — Powiedział to jak pytanie.

— Właściwie to moja siostra. Jest moim wsparciem technicznym... bo agencji nie do końca ufałam. Kiedy Drew powiedział mi, że go zwerbowałeś, uznałam, że lepiej cię sprawdzić. Chciałam mieć pewność, że nie wpadniesz z butami w moją operację.

— A jednak. — Hunter był wyraźnie zniesmaczony sobą. — Nie wierzę, że znaleźli tę fotopułapkę. Powinienem był ją zdjąć, ale pomyślałem: jeszcze jeden dzień...

— Myślę, że to był czysty pech — pocieszyła Liane, dopinając rzepy po bokach kamizelki. Była na nią trochę za duża, ale o niebo lepsza niż nic.

Hunter wyciągnął z bagażnika broń; strzelbę pump-action i MP5. Gestem dał Liane do zrozumienia, żeby wybrała. Zastanowiła się i przyjęła strzelbę. Wyglądała groźniej niż jej różowy Glock, przynajmniej.

Hunter wskoczył do samochodu i na komputerze pokładowym wywołał widok satelitarny adresu, który podała im Jessikah. — Stary młyn — mruknął do siebie, gdy Liane zajęła miejsce obok. — Już za dzieciaka był opuszczony. Czasem tam przesiadywaliśmy i obijaliśmy się z kumplami. Dobre miejsce, żeby zniknąć, popić piwa i żeby nikt nie miał pojęcia, gdzie się zmyliśmy.

— Pewnie nie najlepszy pomysł wjeżdżać podjazdem z wyjącymi syrenami — zauważyła Liane.

— Eee, nie. Wejdziemy tędy. — Dotknął innej, wąskiej drogi, biegnącej równolegle do dojazdu do młyna, może w odległości pół mili. — Podejdziemy pieszo. Będziemy na miejscu, zanim wasz oddział szturmowy nadgoni. Chyba że macie śmigłowiec?

— Wątpię. Mój szef by coś wspomniał.

— Jasne. — Odpalił silnik i wyrwał z parkingu, włączając światła na dachu, ale zostawiając syrenę wyłączoną, przynajmniej na razie. — Trzymaj się mocno.

ROZDZIAŁ DWUDZIESTY

— KURWA, *AŁA*. — Drew ocknął się gwałtownie, jęknął, gdy próbował się poruszyć, a jego głowa odpowiedziała szarpnięciem potwornego bólu. Przez przerażającą chwilę wydawało mu się, że oślepł też na lewe oko — mrugnął, a ono przez moment nie łapało ostrości — ale powoli świat znów się wyostrzył i widział.

Leżał na podłodze w małej, ciemnej przestrzeni. Pod nim goły beton, wokół szare ściany z betonowych pustaków. Jedynym źródłem światła była goła żarówka zwisająca z sufitu.

I — zorientował się, kiedy spróbował się poruszyć — ręce miał związane z tyłu. Opaską zaciskową, odkrył, badając palcami plastik. Ale cienką trytytką, nie porządnymi plastikowymi kajdankami.

— Idioci — powiedział na głos, po czym poderwał się, przetaczając na kolana. Nie zawracał sobie jeszcze głowy wstawaniem; pochylił się, napiął mięśnie i z rozmachem ściął nadgarstkami w okolicę lędźwi, rozrywając opór. Opaska pękła za pierwszym razem.

Wstając, Drew ostrożnie dotknął głowy. Za uchem miał całkiem solidnego guza, który przy dotknięciu posłał przez czaszkę kolejny oślepiający impuls bólu, a palce miał lepkie od krwi, ale wyglądało na to, że krwawienie już prawie ustało, krew była gęsta i zakrzepła. Czekał go piekielny ból głowy, ale nie sądził, żeby miał pękniętą czaszkę.

Nawet gdyby miał, i tak nic nie mógłby teraz na to poradzić. Najwyraźniej ktoś go tu zwlókł i zamknął. Jedne drzwi, które widział, wyglądały przygnębiająco solidnie, prawdziwy metal, a od środka nie było klamki. Kopnął je parę razy próbnie, ale uznał, że prędzej złamie sobie kostkę niż wyrwie drzwi, zwłaszcza że widział, iż otwierają się do środka.

— Plan B — mruknął Drew, obracając się wokół i lustrując pomieszczenie. Zastanawiał się, czy wciąż jest gdzieś na terenie tartaku. Nie czuł, by minęło wiele czasu od chwili, gdy Cash go znokautował, ale mógł się całkowicie mylić. Okien nie było, więc nie miał też po czym ocenić pory dnia.

Tylko trzy bezokienne ściany budynku, w którym był, stanowiły pustaki; czwarta była z płyt g-k. Zapukał próbnie, kiwając z namysłem głową na głuchy pogłos. Cóż, i tak nie miał już wiele do stracenia. Cofnął się o krok, zajął pozycję i wbił w płytę boczne kopnięcie.

W kilka sekund przebił się przez dwie warstwy płyt do pustki za nimi i wyrwał ich tyle, by zrobić otwór wystarczająco duży, aby dało się przecisnąć. To, co znalazł po drugiej stronie, zatrzymało go jak wrytego; ze zdumienia rozdziawił usta.

Dwie młode kobiety — właściwie dziewczyny, wątpił, by któraś przekroczyła dwudziestkę — tuliły się do siebie w najdalszym kącie, z przerażeniem w oczach, wpatrzone w niego, jak gramoli się przez ścianę.

Drew objął wzrokiem pomieszczenie. Zaflekowany dwuosobowy materac na prostej żelaznej ramie łóżka, na nim kilka koców. W przeciwległym rogu wiadro. Karton przy łóżku, w środku widać plastikowe butelki z wodą; obok mały stos brudnych papierowych talerzyków. Kolejne stalowe drzwi, jedyne widoczne wyjście.

— Kim jesteś? — zapiszczała jedna z dziewczyn. — C-czego chcesz?

Nie było w nich krzty buntu, tylko strach. Ubrane były w łachmany, obie boso, brudne i zdecydowanie zbyt chude.

— Nazywam się Drew Murphy — powiedział — i chcę tego samego co wy.

Wpatrywały się w niego.

— Wynosić się stąd do diabła.

— Jesteś jednym z *nich* — oskarżycielsko rzuciła ta, która dotąd milczała.

Patrzyła na jego kamizelę, pomyślał Drew, i uśmiechnął się krzywo, zsunął ją z ramion i cisnął na podłogę. Nie musiał już udawać.

— Niezupełnie. Działam pod przykrywką, pracuję dla biura szeryfa.

— Szeryf McCarthy?

— Nie. Jestem prawie pewien, że siedział w ich kieszeni, ale był jednym z Manhunters... nie wiecie, co to, prawda? Jak długo tu siedzicie?

Obie wzruszyły ramionami.

— Długo — odezwała się ta, która pierwsza zabrała głos. Sprawiała wrażenie odrobinę śmielszej; próbowała osłaniać przyjaciółkę. Nieco wyższa i mocniej zbudowana, o jasnych włosach i niebieskich oczach — Drew uznał, że pod brudem jest pewnie bardzo ładna. A byłaby, gdyby jej spojrzenie nie było tak naznaczone. — Jestem Sasha.

— Co? — Znał to nazwisko! — Sasha Thoms? A ty... jesteś Emily Darnell?

Emily cofnęła się jeszcze bardziej za Sashę. Miała ciemniejsze, średniobrązowe włosy i była jeszcze chudsza niż Sasha, na granicy wyniszczenia.

— Dlaczego was tu trzymali? — zastanowił się na głos Drew, nie pojmując, czemu Brethren nie sprzedało dziewczyn w Vegas, jak on i Hunter spekulowali, że mogli to zrobić.

— Znamy Kaleba — odpowiedziała, a jej twarz posmutniała. — On... zaproponował nam podwózkę. Autobus wlókł się niemiłosiernie, a do Emily przyczepił się jakiś obleśny typ, więc się zgodziłyśmy. Tyle że on nie zawiózł nas do domu, tylko tutaj, do tego opuszczonego tartaku. Było tu kilka innych osób. Kaleb powiedział, że znalazł jakiś bonusowy dodatkowy towar, ale ten starszy — chyba jego wuj...

— Bull — szepnęła prawie bezgłośnie Emily.

— No, wściekł się. Powiedział, że nie mogą nas sprzedać dalej, bo mogłybyśmy ich rozpoznać. Znałyśmy lokalizację tego miejsca i imię Kaleba. To mogłoby wysadzić całą operację. Myślę, że Bull planował nas po prostu zabić, ale Gerry... Gerry stwierdził, że chętnie by nas sobie na trochę zatrzymał.

Emily zadrżała, dreszcz przeszedł ją całą, a Drew zacisnął zęby i pomyślał o wszystkich sposobach, na jakie chciałby sprawić Gerry'emu cierpienie.

— I od tamtej pory siedzicie tu zamknięte? — zapytał łagodnie, krążąc po pokoju i szybko go obmacując wzrokiem, sprawdzając drzwi, choć podejrzewał, że są równie niewzruszone jak te w pomieszczeniu, w którym się obudził.

— Tak. — Sasha wciąż mówiła za obie. — Czasem Gerry bierze którąś z nas do siebie pod prysznic. Szukałyśmy okazji do ucieczki, ale...

— Nie macie nawet butów — zauważył Drew, gdy urwała. — Jak daleko byście doszły na bosaka? Jesteśmy kilka mil od miasteczka, w trudnym terenie. — Szczerze mówiąc, uważał, że obie miały szczęście, że w ogóle żyją, mimo oczywistych okropności, jakich doznały z rąk Gerry'ego i najpewniej innych członków Brethren.

Emily patrzyła na niego nieufnym wzrokiem, ale Sasha zrobiła w jego stronę mały krok.

— No właśnie! Nie dałoby się. A nawet gdybym mogła — nie zostawiłabym Ems.

— Jasne, że nie — zgodził się, chwytając za koniec ramy łóżka i potrząsając nią próbnie. Zaskrzypiała, ale wydawała się w gruncie rzeczy solidna, więc wszedł na materac.

— Co robisz? — Tym razem zapytała Emily; w jej wyrazie twarzy pojawiła się odrobina ciekawości, gdy patrzyła na niego stojącego na łóżku.

— Nie uśmiecha mi się czekać, aż banda wróci i wpadnie przez tamte drzwi, albo te drugie, żeby mnie dobić. — Sięgnął nad głowę i zastukał w sufit. — Gdy któraś z was szła do Gerry'ego pod prysznic, udało wam się po drodze dobrze obejrzeć ten budynek? Dacie radę opisać mi dach?

— Blacha falista — powiedziała Sasha, a w jej oczach zaczęła tlić się nadzieja. — Dość łagodny spad. Myślisz, że da się tędy wyjść?

— Może. Jeśli budynku nie projektowano specjalnie po to, żeby kogoś w nim trzymać, dach bywa najsłabszym punktem. Słyszę, że tu od spodu są tylko płyty g-k przybite do krokwi. Powinienem się przez to przebić do przestrzeni poddasza — a stamtąd może uda się podważyć kilka arkuszy blachy. — Zeskoczył z łóżka, zsunął z niego materac i wyrwał jedną z listew stelaża. — Zobaczmy, co da się zrobić, co?

Nie zajęło mu długo rozprucie sufitu na tyle, by zrobić otwór, przez który dałoby się przecisnąć. Sasha odważnie zrobiła krok naprzód.

— Mogę wejść i zobaczyć, jeśli mnie podsadzisz.

— To naprawdę odważne, ale pójdę ja.

— Nie zostawiaj nas! — Głos Emily zadrżał, gdy Drew się zebrał i podskoczył, chwytając jedną z odsłoniętych krokwi.

— Nie zostawiam was. — Wciągnął się do otworu w suficie. — Jeśli uda mi się poluzować dach, wciągnę was obie i wszyscy razem się stąd wyniesiemy. Spróbujcie porwać jeden z koców i owinąć sobie stopy paskami, żeby choć trochę je ochronić.

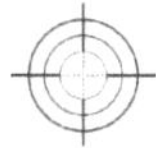

Liane nie mogła uwierzyć, jak szybko i cicho Hunter porusza się po lesie. Jakby sunął nad ziemią, spokojnym, równym truchtem, niemal bezszelestny. Dla kontrastu gałązki trzaskały jej pod butami przy każdym kroku, choć starała się patrzeć pod nogi. Nie odwrócił się ani razu, by sprawdzić, czy dotrzymuje mu kroku, a ona widziała, że śmiertelnie martwi się o Drew. Czuł wyrzuty sumienia, podejrzewała, że wepchnął go w tę sytuację, a potem przypadkiem naraził na niebezpieczeństwo, kiedy znalazły się kamery.

Nie siliła się na to, by za wszelką cenę dotrzymać mu kroku. Hunter był oczywiście aż nadto kompetentny, by poradzić sobie z czymkolwiek, na co mógł trafić, a ona miała w telefonie widok satelitarny terenu tartaku i siostrę na linii, mówiącą do dousznej słuchawki — i całe szczęście, że miała w torebce bezprzewodowe earbuds.

— Jeszcze jakieś pięćdziesiąt jardów i wyjdziecie z drzew — powiedziała jej cicho do ucha Jessikah. — Mam już obraz na żywo z satelity: nie widać żadnego ruchu na terenie. Pojazdów też nie widzę, ale budynków jest tyle, że jeden może być garażem z tuzinem aut i bym nie wiedziała.

— Widać gdzieś łódź? — zapytała Liane, ściszając głos.

— W najbliższej okolicy nic. Jest pomost na strumieniu i coś, co może być hangarem na łodzie obok, więc znów: coś może być pod dachem i poza moim zasięgiem. Dam znać, jeśli zobaczę jakiś ruch na wodzie w waszym kierunku.

— Przyjęłam. — Liane dostrzegła już prześwit między drzewami. Nie zauważyła Huntera, dopóki ten nie wydał cichego dźwięku, żeby zwrócić jej uwagę; przykucnięty między dwiema krzewiastymi kępami, był prawie niewidoczny, dopóki nie znalazła się niemal nad nim.

— Jessikah mówi, że nikt się nie kręci — szepnęła, kucając obok niego.

— Spory teren jak na nas dwoje do przeszukania. — Hunter wyraźnie nie był zachwycony sytuacją. — Masz wieści, jak daleko jest wasza grupa uderzeniowa?

— Jeszcze trzydzieści minut.

Hunter przygryzł dolną wargę. — Możemy poczekać. Ale mam złe przeczucie. — Rzucił jej szybki uśmiech. — Mało naukowe, ale ostatnim razem, kiedy tak mi ściskało wnętrzności, okazało się, że mój wujek jest seryjnym mordercą.

Parsknęła cicho, ale wiedziała, o co mu chodzi. Starała się odpędzać natrętne myśli, jednak wyobraźnia wciąż podsuwała jej koszmarne obrazy tego, co właśnie teraz może dziać się z Drew w jednym z tych budynków.

— Możecie nie mieć trzydziestu minut — odezwała się w uchu Jessikah. — Zgromadzenie pośrodku jeziora właśnie opuściła łódź i kieruje się w waszą stronę. Jest jeszcze kilka mil stąd, ale płynie całkiem szybko; szacuję ETA na jakieś dwadzieścia minut.

Liane szybko przekazała informacje Hunterowi. — Jeśli to część Brethren wraca po odbiorze, to znaczy, że nie wszyscy są na miejscu. Są podzieleni. Jeśli przejmiemy teren, zanim dotrą...

— Dziel i rządź. — Hunter skinął głową. — Budynki po północnej stronie kompleksu wyglądają na znacznie bardziej zrujnowane. — Wskazał, kreśląc palcem łuk. — Co ty na to, żeby podjąć decyzję i skupić się na tych tutaj?

— Ten wygląda jak dom. — Liane wskazała w przeciwną stronę. — Pewnie mieszkanie kierownika zakładu, kiedy wszystko tu działało? — Stał nieco na uboczu względem głównej hali tartaku i wyglądał na lepiej utrzymany. — Zaczniemy tam? Strzelam, że tam właśnie mieszka Gerry.

— Ty obejdź od tyłu. Ja wezmę front.

Dawał jej bezpieczniejsze podejście, z szansą pozostania w osłonie drzew jak najdłużej. Ale biorąc pod uwagę jego widoczne umiejętności skradania — i, co oczywiste, znacznie większe doświadczenie bojowe Rangersa — Liane była w pełni gotowa zdać się na jego prowadzenie.

Rozdzielili się: Jason bezszelestnie wtopił się w labirynt zrujnowanych zabudowań, a Liane możliwie najciszej przedzierała się przez przerzedzające się sosny na skraju lasu. Nie zdążyła jeszcze dotrzeć do domu, gdy głośny huk kazał jej gwałtownie się odwrócić — w stronę jednego z mniejszych budynków, który najwyraźniej był właśnie rozbierany od środka, bo duży kawałek dachu zsunął się i runął na ziemię.

Na dźwięk ryku — Co do cholery, Murphy! — dobiegającego z domu, rzuciła się biegiem. Jeśli Drew był w tamtym budynku, chciała zdążyć tam przed kimkolwiek innym.

Rozdział dwudziesty pierwszy

Dach był całkiem solidny, ale nie zbudowano go tak, by wytrzymał nacisk od środka. Drew zaprł się o krokwie i wypchnął plecami w jednym rogu, a duży kawał blachy po prostu odpadł i ze straszliwym hukiem zsunął się na ziemię.

— Cholera! — To na pewno kogoś tu ściągnie. Pochylił się nad dziurą w suficie, wyciągając w dół rękę. — Szybko, chodźcie, zanim ktoś tu przyjdzie!

Emily wyraźnie nie miała ochoty go dotykać, ale Sasha popchnęła ją, żeby weszła na łóżko. — Podnieś rękę, no już, będę tuż za tobą!

Kiedy wciągał je po kolei, odkrył, że żadna z nich nie waży tyle, ile powinna. Gdy znów stanął na nogi, lekko mu się zakręciło w głowie i musiał chwycić odsłoniętą krawędź blachy dachowej, żeby się ustabilizować.

— Słyszę krzyki — powiedziała Sasha, wyglądając przez dziurę w dachu. — I ktoś biegnie w tę stronę. Z bronią.

— Kryj się. — Drew nie chciał jej szarpać, więc delikatnie nacisnął jej na ramię z boku. — Nie wystawiaj się. Zejdę na dół i się nim zajmę.

— Chyba to kobieta. — Sasha posłusznie przykucnęła, ale nadal wyglądała przez dziurę. — Nigdy wcześniej nie widziałam tu kobiety. Jest z tobą?

— Może — choć nie miał pojęcia, jak Liane mogła wpaść na to, gdzie jest. Rozejrzał się szybko jeszcze raz. — Pomogę wam zejść, a potem ty i Emily pobiegniecie do drzew, tam, widzisz? To niedaleko.

— A ty co będziesz robił? — zapytała Emily cicho, wpatrzona w niego szeroko otwartymi oczami.

— Powstrzymam pościg. — Tyle że bez broni nie bardzo wiedział jak. Miał nadzieję, że to naprawdę może być Liane. — No dalej. Ruszamy. — Przecisnął się przez dziurę w dachu, opuścił się i zeskoczył na ziemię. — Skacz, Sasha!

Widział na jej twarzy strach, ale skoczyła odważnie, a Emily zwlekała tylko tyle, żeby Drew złapał Sashę i postawił ją na nogach, po czym podążyła za nią.

— Biegnijcie! — Drew wskazał kierunek, a obie dziewczyny splatały palce i pobiegły, ile sił w nogach, z dala od krzyków, które były coraz bliżej.

Wystrzał ze strzelby sprawił, że Drew drgnął, a zaraz potem usłyszał głos Liane, która krzyczała jego imię.

— Tutaj! — zawołał, starając się mówić ciszej, nie chcąc zdradzić wrogowi swojej pozycji.

Sekundę później Liane wyłoniła się zza rogu budynku, zlustrowała go wzrokiem od góry do dołu w szybkim oglądzie, po czym na jej twarzy pojawiła się oczywista ulga.

— Wyglądasz jak siedem nieszczęść — stwierdziła jednak. — Całą szyję masz we krwi.

— Dostałem dechą w łeb — streścił Drew. — Dam radę.

— Skoro tak mówisz. — Wyglądała zjawiskowo w kamizelce kuloodpornej z napisem SHERIFF, w bojówkach i butach. Strzelba pump-action w dłoniach dopełniała wizerunku twardzielki.

— Skąd kamizelka? — skinął na nią głową Drew.

— Hunter. Pojawił się niedługo po tym, jak odjechałeś, zorientował się, że ktoś znalazł jego fotopułapkę. Gdzieś tu krąży. Kogo to widziałam przed chwilą, jak biegł w stronę drzew?

Kula zadźwięczała rykoszetem o ścianę tuż obok nich, przez co oboje z Liane przywarli do osłony.

— Dwie dziewczyny, które Gerry przetrzymywał. Musimy je stąd wyprowadzić. Jedna jest w kiepskim stanie i obie są boso. Wątpię, żeby daleko uciekły.

— Oddział szturmowy ATF jest piętnaście minut stąd. — Liane dotknęła słuchawki w uchu, skrzywiła się. — Niestety, nie mamy tyle czasu. Jessikah ogląda to na żywo przez satelitę i mówi, że łódź jest może za pięć minut.

Padł strzał niezbyt daleko, potem rozległ się głośny krzyk i zapadła cisza.

— Mam go — rozległ się po chwili głos Huntera. — Próbował się do was podkraść.

Liane dała znak, a Drew skinął. Ruszyli oboje w kierunku głosu Huntera, poruszając się w kucki.

Zastali Huntera przy ganku domu, patrzył na ciało. To był Ed, najstarszy i najwolniejszy z Braci; najpewniej zostawiono go, by pilnował terenu. Jego broń leżała na ziemi niedaleko ręki. Drew schylił się, żeby ją podnieść. Walther PPK wyglądał przynajmniej na czysty i zadbany, a kiedy sprawdził magazynek, okazało się, że jest pełny.

— Wszystko w porządku? — Hunter zlustrował Drew wzrokiem, krzywiąc się. — Przepraszam za fotopułapkę.

— Nie twoja wina. Po prostu pieprzony pech, że Gerry ją zauważył. Szukał na mnie haka.

— Szczerze mówiąc, dziwię się, że od razu cię nie sprzątnęli.

Liane gwałtownie wciągnęła powietrze. Drew odruchowo sięgnął do niej, kładąc wolną dłoń na jej ramieniu.

— Nie mieli twardego dowodu, że wiedziałem o jej istnieniu. Uparcie twierdziłem, że to nie ja ją założyłem — co miało tę zaletę, że było prawdą — i jestem prawie pewien, że byli podzieleni co do wiary w moje tłumaczenia. Wrzucili mnie do swojej małej kozy i pewnie planowali „porządnie przesłuchać", jak wrócą. Nie zamierzałem czekać.

— Łódź właśnie wpływa — przekazała Liane. — Myślisz, że Ed zdążył zadzwonić i powiedzieć im, że się wyłamujesz i ma kłopoty?

Cała trójka spojrzała na martwego bikera na ziemi. Nigdzie nie było widać jego telefonu.

— Albo tak, i czekają na nas, albo nie, i może uda nam się ich zaskoczyć — powiedział Hunter. — Tak czy inaczej, nie możemy po prostu odejść. Nie przy tylu zakładnikach, których najpewniej mają teraz na łodzi.

Słychać już było silnik łodzi, pracujący na pełnym gazie, gdy zbliżała się do pomostu. Drew podejrzewał, że to zły znak, że Bracia się spieszą, bo Ed jednak zdołał do nich zadzwonić. Skinął głową Hunterowi, który odpowiedział tym samym.

— Znalazłem Sashę Thoms i Emily Darnell. Kryją się w drzewach. Kaleb je zgarnął i uznał, że dorzuci je do puli do handlu żywym towarem, ale nie zrozumiał, że to problem, bo mogą go rozpoznać. Gerry postanowił je zatrzymać i najwyraźniej są tu od tamtej pory.

Oczy Huntera aż wyszły na wierzch, ale znów skinął głową. — No to wyjaśnia, czemu nie było ich w dole Manhuntersów, co?

— Jaki mamy plan? — zapytała Liane. Na mocy niewypowiedzianej umowy oddalili się od ciała Eda i przemknęli za jeden z rozwalających się budynków, starając się uzyskać czysty widok na pomost i właśnie przybijającą łódź.

— Musimy ich odciągnąć od łodzi — i potencjalnych zakładników — i zajmować, dopóki twój oddział szturmowy ATF tu nie dotrze, żeby pomóc w aresztowaniach — powiedział Drew.

— Taa, niby mógłbym spróbować wrzasnąć *szeryf hrabstwa, wszyscy jesteście aresztowani*, ale podejrzewam, że się nie cofną, chyba że zobaczą przytłaczającą siłę ognia. — Hunter uśmiechnął się krzywo. — Poza tym nie mam tylu kajdanek.

Drew parsknął śmiechem, choć natychmiast spoważniał na widok bladej twarzy Liane. Nie załapie wisielczego humoru, do którego Rangersi często uciekają w tych ostatnich, napiętych chwilach przed walką. — Wszyscy wiemy, że niektórzy z nich nie poddadzą się za żadną cenę, prawda? — zapytał ją miękko.

— Taa. — Zacisnęła szczękę, ale jej oczy były pewne, gdy spotkały jego spojrzenie. — Nie martw się. Już mi się zdarzyło pociągnąć za spust, mając w celowniku człowieka, i zrobię to znowu, jeśli będę musiała. Na pewno nie będę płakać po żadnym z tych skurwieli.

— No i tak trzymaj. — Hunter skinął krótko głową.

— *Murphy*! — To był gardłowy, wściekły ryk. Bull, pomyślał Drew.

— Szukają jego — powiedziała Liane szybko i cicho. — Odciągniemy ich od łodzi. Hunter, wejdziesz na pokład i zabezpieczysz zakładników. Jeśli się da, wypłyń z powrotem na wodę, żeby nie mogli znów na nią wejść.

— Tak jest, proszę pani. — Zniknął jak duch, błyskawicznie rozpływając się w cieniach między budynkami.

— Co jest, patrz na ten dach! — wrzasnął gdzieś blisko inny głos.

— To po stronie dziewczyn! Wyciągnął je też? Ed! Ed, do cholery, gdzie jesteś? — Zadźwięczały klucze. Zaraz otworzą jedne z drzwi prowizorycznego więzienia, pomyślał Drew, i dał Liane znak, by została, gdzie jest, ale przesunęła się wzdłuż ściany budynku. Skinęła bez słowa, wskazała do przodu, potem pokazała trzy palce, po czym opuściła rękę, chwytając broń; palec wsunął się do kabłąka spustu strzelby.

Trzech przed nimi, wydedukował Drew, życząc sobie również mieć słuchawkę. To oznaczało co najmniej czterech innych gdzieś indziej — i to zakładając, że żadni Kanadyjscy Bracia nie wrócili z miejscowymi. Na takie założenie na pewno nie zamierzał liczyć.

— Nie mam dobrego widoku — ostrzegła w uchu Liane Jessikah. — Satelita jest pod skośnym kątem. Gubię ich między budynkami.

— Nic nie szkodzi — wyszeptała Liane. — Dawaj, co możesz. Nie mogą mieć pojęcia, że ich obserwujesz.

— Tylko się nie daj postrzelić, siostrzyczko. — Po raz pierwszy w głosie Jessikah zabrzmiało napięcie. Liane wyobraziła sobie siostrę siedzącą przy biurku, pewnie w wygodnym skórzanym fotelu, z ekranami rozświetlającymi przestrzeń wokół. — Chcę poznać tego twojego seksownego Rangera.

Przez wąski przesmyk między dwoma budynkami, którymi się skradali, Liane zerknęła na Drew. Trzeba przyznać, był piekielnie seksowny, nawet poturbowany, z zaschniętą krwią na boku głowy i szyi. Poruszał się z zabójczą gracją i celem, nieustannie omiatając wzrokiem otoczenie przed sobą i za sobą.

— Drew! — To chyba był głos Kaleba, pomyślała Liane. — Bracie, co się dzieje? Wierzę, że nie wiedziałeś o fotopułapce — zamknęliśmy cię tylko dlatego, że musieliśmy jechać na odbiór, nie mieliśmy czasu porządnie z tobą o tym pogadać!

— Gówno prawda — wymówił bezgłośnie Drew, z cynicznym wyrazem twarzy, sięgając do zaschniętej krwi wokół rozcięcia na głowie. Liane skinęła.

— Musimy znaleźć te dziewczyny — powiedział inny głos, niższy i bliższy, tuż za rogiem, oceniła Liane. — Jak dotrą do szosy i ktoś je zgarnie, jesteśmy w czarnej dupie. Wiedzą za dużo.

— Znajdziemy je. Daleko nie uciekły. Wszystkie motocykle są nadal tutaj. Pewnie kryją się w budynkach. — To był głos Gerry'ego, wściekły i arogancki. Usłyszała chrzęst butów na chropowatej ziemi, spięła się i uniosła strzelbę.

— ATF — powiedziała głośno, wychodząc zza rogu, kątem oka widząc, jak Drew przemyka przez szczelinę, żeby pokryć cel z innego kąta. — Jesteście aresztowani. Połóżcie broń na ziemi i ręce na głowie.

Usta Gerry'ego rozwarły się ze zdumienia, podobnie jak Cashowi, stojącemu obok. Patrzyli na nią szeroko, z niedowierzaniem.

— Ty? — wycharczał Gerry.

— Ja. — Liane uśmiechnęła się twardo. — To cały czas byłam ja, ty parszywa gnido. Teraz broń na ziemię. Trzymali broń w rękach, ale tylko Cash wyglądał na choćby w połowie gotowego, by jej użyć, Gerry'emu dyndała w bezwładnych palcach.

— I kurwa ty — plunął Gerry w stronę Drew. — ATF, wiedziałem, że jesteś zasranym szczurem.

— Nie, nie jestem federalnym. — Drew pokręcił głową. — To ona tu dowodzi. — Skinął głową w stronę Liane, choć jego broń nie drgnęła nawet o milimetr od celów.

— To ona będzie musiała zginąć pierwsza — odezwał się za nimi nowy głos i Liane zaklęła, odwracając się do nowego zagrożenia. Bull jakoś po cichu podszedł od tyłu tej alejki i strzelił, zanim zdołała złożyć się do strzału, po czym błyskawicznie uskoczył z powrotem za róg.

— Agh!

Nawet w kamizelce balistycznej postrzał boli jak skurwysyn. Kula trafiła tuż pod splotem słonecznym, cisnęła nią do tyłu i runęła na ziemię. Strzelba wypaliła i zdołała tylko mieć nadzieję, że do cholery nie trafiła Drew, zanim świat poszarzał na obrzeżach i na moment odpłynęła.

Rozdział dwudziesty drugi

— Liane! Drew rzucił się na ziemię, gdy zarówno Cash, jak i Gerry otworzyli ogień; ich strzały poszły wysoko, nad jego głową. Odstrzelił, ale obaj już biegli. Usłyszał jednak skowyt i podejrzewał, że któregoś tylko drasnął. Błyskawicznie przeczołgał się do Liane, poderwał się, chwycił ją pod pachy i przeciągnął przez szeroką wyrwę w kruszącym się murze budynku obok, korzystając z byle jakiej osłony, jaką mógł znaleźć.

— Au, kurwa. Ocknęła się szybko, jęcząc, macając się po klatce piersiowej. — Tak. Jess, wszystko ze mną w porządku.

Uświadomił sobie, że mówi do siostry, gdy ta podparła się i usiadła.

— Nie trafiłam cię, co? — upewniła się.

— Nie, twój strzał poszedł praktycznie prosto w górę, kiedy upadałaś. Mały deszcz śrutu spadł na Casha i Gerry'ego, rozproszyło ich, gdy próbowali mnie trafić, więc na coś się to zdało.

— Murphy! To był ryk Gerry'ego; Drew skrzywił się. Liczył na jeszcze parę sekund wytchnienia.

— Jak daleko jest twój zespół szturmowy? — zapytał cicho.

— Jess mówi, że sześć minut i wchodzą na gorąco. Musimy ich tylko zajmować i przygwoździć do tego czasu. — Dźwignęła się na nogi, z sykiem bólu przeładowując strzelbę i wprowadzając kolejny nabój do komory.

— Wydłubię ci to drugie, kurwa, oko! — znowu Gerry.

— Odwrócenie uwagi — wymówił bezgłośnie Drew, wskazując na drugą stronę budynku. Dostrzegł tam ledwie wyczuwalny błysk ruchu przez szpary między deskami. Wskazał na strzelbę w rękach Liane, zasymulował ściągnięcie spustu i znów wskazał na tamten ruch.

Liane skinęła głową. Zacięła szczękę. Wycelowała i strzeliła.

Oboje rzucili się biegiem, nie czekając, skoro ich pozycję zdradził huk strzału ze strzelby — i to była dobra decyzja, bo grad pocisków roztrzaskał spróchniałe deski dokładnie tam, gdzie przed chwilą stali. Po drugiej stronie budynku ktoś jednak wrzeszczał i Drew wymienił z Liane zawzięty uśmiech. Śrut zrobił swoje.

— Ruch od drugiej strony budynku — powiedziała ostro Jessikah do ucha Liane. — Zaraz was otoczą. Wynoście się stamtąd!

— Musimy spadać! — Liane wskazała kierunek i Drew nie dyskutował, tylko pobiegł u jej boku; razem przemknęli przez ogromną, pustą przestrzeń w starym magazynie i wypadli drugą stroną. Na ziemi leżał ktoś, jęczał i trzymał się za nogę; to był Cash.

Drew pochylił się, by zabrać mu broń. — Na twoim miejscu leżałbym cicho — ostrzegł bikera. — Za chwilę to miejsce zaleje agenci ATF.

— Pierdol się — wysapał Cash, a jego twarz pokrywała cienka warstewka potu.

Liane mrugnęła, gdy Drew odchylił nogę i kopnął Casha w ranną łydkę. Zrozumiała, kiedy Drew powiedział:

— To za guza na mojej głowie, gnoju.

Cash wrzasnął, dźwiękiem wysokim i cienkim, po czym najwyraźniej z bólu odpłynął i osunął się na ziemię. Drew nie zmarnował na niego nawet jednego spojrzenia, skinął głową Liane. Rzucili się biegiem ku pomostowi, chcąc dać Hunterowi wsparcie i bronić zakładników na łodzi do czasu przybycia zespołu szturmowego ATF.

— Twój kumpel już zabezpieczył łódź — powiedziała Jessikah, najwyraźniej widząc, dokąd zmierzają. — Przed chwilą odbił cumy. Nie wygląda, żeby odpalił silnik, ale dryfują w dół rzeki i za minutę, dwie wyjdą z zasięgu. Nie idźcie tam, utkniecie przy wodzie...

Liane ostro skręciła w lewo, sycząc imię Drew. Za plecami słyszeli krzyki, od czasu do czasu dziki strzał, ale wyglądało na to, że na chwilę zgubili Brethren w labiryncie terenu starego młyna.

— Do lasu — powiedział cicho Drew, gdy biegli obok siebie, starając się stawiać kroki jak najciszej. — Musimy spróbować znaleźć Sashę i Emily, zapewnić im bezpieczeństwo. Nie mają nawet butów, nie mogły dojść daleko.

— Bez butów?

— Szczerze mówiąc, trochę mnie dziwi, że Gerry pozwolił im w ogóle zostawić jakieś ubrania.

Liane skrzywiła się z odrazą, myśląc o latach terapii, których te biedne dziewczyny będą potrzebowały po tym wszystkim. Przycisnęła dłoń do piersi, czując, jak oddech jej się rwie. Klatka wciąż paliła żywym ogniem po przyjęciu pocisku na kamizelkę i była pewna, że kiedy ją zdejmie, zobaczy potężnego siniaka, ale, cholera, cieszyła się, że Hunter miał zapasową w bagażniku swojego auta.

— Wszystko w porządku? — upewnił się cicho Drew, najwyraźniej zauważywszy jej dyskomfort.

— Nie pierwszy raz przyjmuję strzał w kamizelkę — przyznała. — Boli, ale dam radę.

Byli już przy ścianie lasu i wpadli pod drzewa bez zwalniania kroku.

— Masz jakiś trop, Jess? — sprawdziła Liane.

— Nic nie mam, kochana. Drzewa są zdecydowanie za gęste. Was też teraz zgubiłam. Najlepsze, co mogę, to spróbować powiedzieć, jeśli ktoś jeszcze wejdzie do lasu od strony młyna. Może. W kilku miejscach drzewa wchodzą prawie pod same budynki...

Jesteśmy zdani na siebie. Liane szybko przekazała informację Drew. Oboje zwolnili do marszu, poruszając się tak cicho, jak tylko potrafili.

— Dobra. — Zawahał się, spojrzał w stronę młyna, przechylił głowę, jakby się orientował w terenie. — Stamtąd uciekły. — Wskazał budynek z uszkodzonym dachem, ledwo widoczny z ich miejsca. — Tam prosto weszły w drzewa. Jeśli dalej trzymały kierunek... może je przechwycimy, jeśli pójdziemy tędy. Jak tylko dotrze wasz zespół i zabezpieczy młyn, spróbuję je zawołać.

Liane skinęła, idąc za nim, gdy cicho zagłębiał się między drzewa. Wcale nie żałowała, że oddalają się od twierdzy Brethren i zostawiają gang zespołowi szturmowemu, zwłaszcza po tym, jak łatwą ręką Bull do niej strzelił.

— Drew!

Oboje zesztywnieli.

Kaleb — wymówił bezgłośnie Drew, a Liane skinęła. Nie widzieli młodego bikera, ale jego głos był blisko. Gdzieś z nimi w lesie.

— Spróbuj go uspokoić — wyszeptała.

Drew skinął i zrobił parę ostrożnych kroków naprzód, gestem prosząc ją, by została. — To ty, Kaleb? — zawołał, trzymając głos nisko.

— Ja, bracie. Co się dzieje? — Kaleb brzmiał żałośnie. Zagubiony. — Nie możesz robić z federalnymi. Nie wierzę w to. Jesteś kuzynem Jacoba!

— Jestem jego kuzynem — przyznał Drew — i wiem, że był twoim kumplem, Kalebie, ale z Jacobem nie zawsze byliśmy tego samego zdania.

— Zdradziłeś nas!

Kaleb był całkiem blisko, pomyślała Liane, tuż na północ od nich. Wydała z siebie ciche mruknięcie, wskazując w tamtą stronę, kiedy Drew na nią zerknął. Skinął. Gestem dłoni polecił jej obejść i spróbować zajść Kaleba od tyłu, najwyraźniej chcąc w tym czasie utrzymać młodego rozmową. Cicho zaczęła skradać się między drzewami, pilnując, by pod stopami nie trzeszczały gałązki.

— Przykro mi, że tak to widzisz, Kalebie — powiedział Drew nieco głośniej, robiąc kolejny krok naprzód.

— Myślałem, że jesteś moim przyjacielem!

— A ja myślałem, że jesteś zasadniczo porządnym gówniarzem, którego sprowadziło na manowce złe towarzystwo — powiedział Drew głosem twardym jak stal.

Liane zerknęła na niego, zastanawiając się, dokąd zmierza.

— Dopóki nie zobaczyłem, jak patrzyłeś na tę małą Chinkę.

Och. Skrzywiła się, ale szła dalej, wolno i po cichu, skradając się bliżej głosu Kaleba.

— Coś jest w tobie zepsute, Kalebie, bo to nie jest normalne. Nie powinniśmy czuć tego, co ty czujesz, kiedy krzywdzisz innych ludzi, krzywdzisz *dzieci.*

Kaleb naprawdę zabrzmiał na szczerze zdezorientowanego, gdy odpowiedział: — O czym ty, kurwa, gadasz? Ona jest *Chinką.* Jakby w ogóle miała dla kogoś znaczenie. Na świecie są prawie dwa, kurwa, miliardy tych jebanych pasożytów...

— Ręce do góry — rozkazała Liane, wychodząc zza grubego drzewa i wciskając lufę strzelby między łopatki Kaleba. — I nie dawaj mi pretekstu, żebym pociągnęła za spust, ty rasistowski, pedofilski kawał *szumowiny.*

Młody biker zesztywniał, dłonie powoli powędrowały w górę. Miał broń, oczywiście, i sięgnęła, by go jej pozbawić — w tym momencie jednak poruszył się szybciej, niż się spodziewała, skręcając i kopiąc, celując w jej nogę. Trafił dobrze i kolano Liane ugięło się pod nią. Odpełzła na wstecznym, odruchowo próbując zwiększyć dystans, nie gotowa strzelić; palec nie był nawet na spuście. Zlekceważyła go i z przerażeniem patrzyła, jak unosi broń. Nawet jeśli trafi ją w kamizelkę, z tak bliska zaboli o wiele bardziej niż poprzednio, a szczerze mówiąc, podejrzewała, że zamierza strzelić jej w twarz.

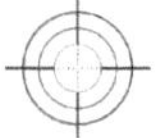

Drew był dość blisko, by widzieć szarpaninę, ale za daleko, by zareagować — przynajmniej nie fizycznie. Miał tylko jeden możliwy wybór i nie było czasu na wahanie, na pytanie, czy trafi, mając tylko jedno dobre oko, bo jeśli się zawaha, Kaleb zabije Liane. Zamknął prawe oko, wycelował i strzelił jednym płynnym ruchem.

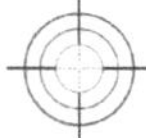

Liane patrzyła, jak w samym środku czoła Kaleba rozkwita czerwony otwór. Widziała, jak jego oczy gasną i martwieją, zanim runął jak rażony.

— O Boże — wyszeptała.

— Liane? — spanikowany głos Jessikah wrzasnął jej do ucha. — Liane! Ten strzał padł zdecydowanie zbyt blisko, co się dzieje?

— Drew zastrzelił Kaleba — powiedziała płaskim, zszokowanym głosem. W uszach wciąż jej dzwoniło i ledwo słyszała siostrę.

— Wasz zespół szturmowy dotarł, a Brethren uciekają do lasu. Zaraz możecie mieć towarzystwo. Nie pomogę — Jessikah brzmiała spięta. — Nie widzę, gdzie jesteście ani gdzie są oni, ale usłyszeli ten strzał. Bądźcie gotowi!

— Nadchodzą — rzuciła krótko do Drew, który wpatrywał się w ciało Kaleba z wyrazem żalu. — Zespół szturmowy jest przy młynie, a Brethren są w odwrocie.

— Kaleb! — ryknął blisko jakiś głos. — Kaleb, gdzie jesteś?

— Bull — skrzywił się Drew. — Nie skończy się dobrze, jeśli znajdzie nas stojących nad ciałem jego siostrzeńca.

Bez słowa, oboje odwrócili się i rzucili do biegu.

— Musimy wrócić do młyna — syknęła Liane, gdy gnali przez drzewa. — Tam jest zespół szturmowy. To teraz najbezpieczniejsze miejsce.

Ku jej przerażeniu, Drew pokręcił głową. — Nie, dopóki Emily i Sasha są w lesie. Najpierw musimy je znaleźć, inaczej są praktycznie martwe.

— O kurwa. — Naprawdę jej się to nie podobało, ale miał stuprocentową rację. Emily i Sasha wsadziłyby każdego członka Brethren do więzienia dożywotnio, jeśli tylko dożyją zeznań.

Za nimi uniósł się bezsłowny ryk wściekłości i rozpaczy; Bull znalazł ciało Kaleba. Potem nagle grad kul zaczął rąbać w korony drzew. Bull przyniósł na imprezę coś cięższego, po dźwięku AR-15 albo coś podobnego.

— Padnij! — Drew chwycił Liane za ramię i szarpnął ją w dół, gdy pociski śmigały im nad głowami. Bull strzelał na ślepo, oszalały z furii, opróżniając magazynek karabinu szturmowego bez oglądania się, gdzie lecą pociski.

— Trafił cię! — Zobaczyła krew na jego rękawie. Drew popatrzył na nią bez zrozumienia, odchylił materiał i odsłonił krwawiącą rysę na górnej części ramienia. Wyglądało, jakby kula drasnęła biceps.

— Nic mi nie jest. Ruchy.

Klekot serii zamilkł. Magazynek pusty, zgadła Liane, co znaczyło, że Bull będzie musiał go zmienić. Zakładając, że w ogóle miał przy sobie drugi. Pewnie miał, pomyślała.

Chociaż, biorąc pod uwagę jego ślepą wściekłość, może nie. Może nie myślał o oszczędzaniu amunicji.

— Musimy wrócić. Spróbować go zatrzymać — wyszeptała.

— Oszalałaś? Nie! Właśnie zdradził swoją pozycję zespołowi szturmowemu — warknęła jej do ucha Jessikah.

— Nie — powiedział jednocześnie Drew. — On nie myśli trzeźwo. Jak którekolwiek z nas zobaczy, będzie chciał nas zabić. Niech zajmie się nim twój zespół.

Krzyk niedaleko i tak zdjął z nich decyzję; to był kobiecy krzyk i Liane mocno wątpiła, by po tych lasach biegały jakieś inne kobiety poza Emily i Sashą. Szarpnęła się na nogi, stęknęła z bólu, gdy odezwał się siniak na piersi, i znów ruszyła biegiem, z Drew u boku.

— Puść ją! — wrzasnął inny głos i wpadli na polanę, gdzie Gerry wyciągał Emily z kępy krzaków, w których najwyraźniej się chowała, a Sasha próbowała go odganiać gałęzią.

— Słyszałeś Sashę. Puść Emily — rozkazał Drew, a Gerry odwrócił się do niego z warknięciem.

ROZDZIAŁ DWUDZIESTY TRZECI

— Ty zdradziecka gnido — wypluł Gerry w stronę Drew, jednocześnie szarpnięciem wciągając Emily przed siebie, żeby użyć jej jako tarczy; lufa jego pistoletu wbijała się dziewczynie w żebra. Płakała beznadziejnymi, rozpaczliwymi łzami, a ten dźwięk rozdzierał Drew serce. Nie miał jednak czystego strzału i nie mógł ryzykować, nawet gdyby miał — nie z tą lufą przy boku Emily.

Liane opuściła strzelbę i wyciągnęła teraz swojego różowego Glocka, trzymając go stabilnie i prowadząc nim za Gerrym, gdy ten wlecze Emily z powrotem w stronę drzew. Sasha upuściła gałąź i desperacko wołała imię przyjaciółki, bezsilnie patrząc.

— Puść ją — powiedział Drew spokojnym, rzeczowym tonem. — Zrobiłeś już dość tej biednej dziewczynie. Puść ją, podnieś ręce do góry, a pożyjesz na tyle długo, żeby wkurzyć sędziego, gdy zaczniesz bredzić, że bzdury o suwerennym obywatelu zwalniają cię od odpowiedzialności.

— Spierdalaj — warknął Gerry.

— Jeśli ją zamordujesz na moich oczach, na oczach federalnej agentki, zrobię z tego moją osobistą misję, żebyś cierpiał do końca swoich dni w Supermaxie we Florence, aż zawiozą cię do Terre Haute, by zakończyć twoją marną egzystencję — głos Liane był absolutnie równy, gdy mierzyła Gerrymu spojrzeniem. — Odłóż broń i *puść ją*.

— Zabiję ją i was oboje też! — wrzasnął Gerry.

— Majaczysz. Pociągnij za spust, a odstrzelę ci łeb, zanim zdążysz zrobić to drugi raz. Musisz zdecydować, Gerry, bo dostaniesz tylko jeden strzał. Kto to będzie?

Cholera, jaka ona sprytna, pomyślał Drew, obserwując, jak Liane drażni Gerry'ego. Bo Gerry dużo bardziej chciałby zabić jego albo Liane, niż Emily, a w sekundzie, gdy zabierze lufę od boku Emily, Liane odda strzał. Drew widział jej palec na spuście, czekający na moment.

— Tak, Gerry — dodał Drew swoje docinki do słów Liane. — Masz przegrane i dobrze o tym wiesz. Uda ci się dorwać tylko jednego z nas.

Liane posłała mu piorunujące spojrzenie na ułamek sekundy. Wiedział dlaczego — ona miała na sobie kamizelkę, on nie. Jeśli Gerry miał strzelać, chciała, żeby strzelał do niej. Ale kamizelka już dostała jeden strzał, jej zdolność ochronna mogła być naruszona... a Drew wiedział też, że Gerry całkiem nieźle strzela. Mógł celować w głowę.

A myśl, że Liane dostaje kulę w głowę, była czymś, z czym Drew nie potrafiłby żyć, więc zrobił krok w stronę Gerry'ego.

— Kaleb nie żyje — rzucił zaczepnie. — Strzeliłem mu w głowę. Bull zalewa się łzami nad ciałem dzieciaka.

— Ty pieprzony skurwielu. — Na jego twarzy pojawił się prawdziwy ból. — Kaleb w ciebie wierzył.

— Kaleb był gwałcicielem i pedofilem, który pomagał wam zabijać i torturować Bóg wie ile niewinnych kobiet i dzieci — odparł lodowato Drew. — Wolałbym, żeby dożył procesu, ale nie żałuję, że pociągnąłem za spust.

— Wszyscy stać! — wzmocniony głos nagle huknął wśród drzew. — Agenci federalni! Broń na ziemię i ręce do góry!

Gerry rozglądał się dziko, a Drew widział, że zaraz zrobi coś niebezpiecznego. Emily w jego uścisku była niemal katatoniczna, bezwładna. Gerry musiał używać sporo siły, żeby utrzymać ją w pionie i przydatną jako żywą tarczę.

— No dalej, Gerry — drażnił się Drew, stawiając kolejny krok naprzód, uważnie nie wchodząc Liane w linię strzału. Każdy krok, do którego zmuszał Gerry'ego do tyłu, otwierał kąt, dawał jej lepszą pozycję bez ryzyka dla Emily. Musiał tylko sprawić, by Gerry zabrał lufę z żeber Emily. — Pójdziesz z podkulonym ogonem czy odejdziesz w ogniu chwały?

Liane go zabije, jeśli nie zrobi tego Gerry. Drew musiał tylko poczekać kilka minut, a już za chwilę otoczy ich tuzin albo i więcej operatorów zespołu szturmowego ATF. Gerry zobaczy, jak beznadziejna jest jego sytuacja, i się podda. Na pewno.

— Emily — szlochała niedaleko Sasha. Liane przesunęła się tak, by stanąć między Gerrym a Sashą, próbując zasłonić dziewczynę własnym ciałem. Jeśli Gerry zastrzeli Emily, Sasha musi zostać przy życiu, by opowiedzieć swoją historię.

— Proszę zostać z tyłu, Sasha — powiedziała. — Damy radę. Odzyskamy ją.

Gerry próbował cofać się głębiej w drzewa, ale głośne głosy oznajmiały, że agenci ATF się zbliżają, i rozglądał się coraz bardziej rozpaczliwie.

— To koniec, Gerry — powiedział Drew. — Po prostu odpuść. Puść Emily.

— Ona jest moja — warknął Gerry. — Idzie ze mną. — Wykrzywił twarz w obrzydliwym grymasie. — Ale się zabawiliśmy, prawda, księżniczko? — Jego dłoń chwyciła Emily za podbródek, uniosła jej twarz i powoli polizał jej policzek. — Tyle zabawy. Nie chciałabyś, żebym zostawił cię w tyle.

Oczy Emily otworzyły się i mimo siebie Liane miała ochotę się cofnąć, bo rozpacz i groza w tym spojrzeniu były nie do opisania.

— Puść ją! — wrzasnął Drew i mimo że nie miał dobrego kąta, podniósł broń, próbując złapać cel na twarzy Gerry'ego. Liane dostrzegła, że jego ramię spływa krwią — uświadomiła sobie, że rana musi być gorsza, niż myśleli — ale on ani nie drgnął.

— Nigdy — warknął Gerry, i w tej samej chwili Emily jakby wróciła do życia. Jego uścisk na jej twarzy musiał choć na moment zelżeć, bo skręciła głowę i wbiła zęby w jego dłoń z całą siłą, jaka została jej w osłabionym ciele.

— Ty mała pieprzona suko! — zawył z bólu Gerry i odruchowo spróbował odepchnąć Emily. Ona jednak trzymała się zawzięcie, szczęki zaciśnięte, choć runęła na ziemię, a Gerry musiał się nad nią pochylić, żeby uwolnić rękę od jej zębów. Jego ręka z bronią zatoczyła dziki łuk, przez ułamek sekundy nie celując w nic, i Liane oddała strzał. Dwa — podwójny strzał, który ćwiczyła w nieskończoność: pierwszy przeszył jego lewe oko, drugi trafił cal niżej.

Był martwy, zanim upadł na ziemię, wprost na leżącą Emily.

— Padły strzały! — ktoś ryknął całkiem blisko.

— Agentka ATF Hagerty! — odkrzyknęła Liane. — Neutralizacja zagrożenia!

— Opuścić broń! — wrzasnął jakiś głos, a ona odwróciła się, by zobaczyć ubranego na czarno agenta mierzącego karabinkiem szturmowym w Drew.

— On jest ze mną! — zawołała, szybko wsuwając Glocka do kabury i unosząc ręce z dala od strzelby. Drew zrobił mądrze: pozwolił, by jego pistolet zwisał na palcu za kabłąk spustowy, po czym powoli się schylił i odłożył go na ziemię.

Sasha pobiegła do Emily, próbując wyciągnąć ją spod ciała Gerry'ego, podczas gdy Emily dygotała i szlochała w szoku.

— Terrence? — odezwała się Liane, prawie pewna, że to dowodzący, którego zna, a ubrany na czarno agent skinął głową i ściągnął czarną maskę z ust i nosa. — Ma Pan Bulla w areszcie?

— Szef gangu? Tak. Znaleźliśmy go tam, jak płakał nad innym trupem — mruknął Terrence, kiwając głową. — To też Pani robota?

— Nie, to Drew go zastrzelił. Uratował mi życie.

— Mogę im pomóc? — Drew wskazał na Emily i Sashę, a Terrence znów skinął głową i opuścił broń.

Liane też podbiegła, odciągając ciało Gerry'ego z Emily bez większej delikatności, choć wiedziała, że technicy kryminalistyki będą wściekli. Emily i tak była teraz ważniejsza, a Terrence miał na sobie kamerę nasobną, więc i tak mało prawdopodobne, by ktokolwiek kwestionował przebieg zdarzeń. Utonie w papierach na tydzień czy dwa — jak zawsze, gdy agent musi kogoś zastrzelić na służbie — ale każdy się zgodzi, że Gerry sam się o to prosił.

— Niech Pan wezwie medyka — powiedziała. — Drew jest ranny. A Emily i Sasha potrzebują *całej* pomocy medycznej. *I całej terapii* — pomyślała, ale nie powiedziała tego głośno, patrząc, jak obie dziewczyny tulą się i szlochają w swoich ramionach.

— Nic mi nie jest — powiedział Drew, ale lekko się zachwiał, gdy znów się wyprostował, i Liane zobaczyła kolejny strumień krwi spływający mu po ramieniu.

— Wcale nie! — chwyciła go za ramię i posadziła na ziemi. — Siadaj, zanim zemdlejesz. Musimy zatamować krwawienie.

Terrence podał opatrunek polowy z kieszeni swojego taktycznego kamizelka oraz taktyczną słuchawkę, by Liane mogła słuchać meldunków, i stanął nad nimi, podczas gdy napływały raporty o wyłapywaniu reszty gangu i o tym, że Jason Hunter przyprowadza łódź do pomostu, a na pokładzie jest ponad trzydzieści kobiet i dzieci, siedzących skulonych w milczeniu, czekających na swój los. Liane nie wiedziała, co teraz z nimi będzie, ale wiedziała, że czeka je coś lepszego niż to, co Bracia dla nich planowali. Zwłaszcza dla tej jednej małej dziewczynki, którą Kaleb sobie upatrzył. Liane miała nadzieję, że nigdy nie zrozumie ponurego losu, jaki szykowali jej Bracia.

Liane usiadła na ziemi z głową Drew na kolanach, dociskając opatrunek do jego ramienia, żeby utrzymać nacisk na ranę. Patrząc na Emily i Sashę, jak tulą się do siebie i cicho płaczą, uświadomiła sobie, że jeszcze nigdy w życiu nie była tak potwornie wyczerpana. Utrzymanie otwartych oczu wymagało ogromnego wysiłku.

— Agentko Hagerty — odezwał się Terrence, choć jego głos wydawał się dochodzić z bardzo daleka. Liane zamrugała na niego niewyraźnie. — Czy wszystko w porządku?

— Jestem zmęczona. Po prostu. Tak strasznie zmęczona.

— To koniec — powiedział cicho Drew, jego zdrowa ręka poruszyła się, dłoń uniosła i musnęła jej policzek. — Wszystko się skończyło, Liane. Teraz możesz odpocząć. Robota skończona.

Wiedziała, że do końca daleko. Same papiery zajmą jej tygodnie, nie wspominając o omówieniach, szkoleniach, o które pewnie ją poproszą, i rozprawach, na które ją wezwą, by zeznawała, jeśli którykolwiek z ocalałych Braci będzie na tyle głupi, by nie przyjąć proponowanych ugód. Mimo to zamknęła oczy i oparła się o dotyk Drew, delektując się nim tak długo, jak im było dane.

Okazało się, że niedługo, bo nadciągnęli kolejni agenci ATF, jeden z nich lepiej wyposażony medycznie niż Terrence, a w oddali rozległ się wycie syreny zbliżającej się karetki.

— Liane — ktoś przykucnął przed nią i zamrugała, aż wyostrzył się Jason Hunter. — Może Pani już puścić. — Położył silną dłoń na jej dłoni. — Niech zajmą się nim ratownicy.

— Posłuchaj go, Liane — powiedziała jej w słuchawce Jessikah. Milczała przez ostatnią chwilę i Liane wiedziała dlaczego; i tak będzie trudno po fakcie tłumaczyć szefom, że to właściwie Jessikah kierowała dzisiejszą operacją, bardzo możliwe, że włamując się do satelitarnego łącza, do którego nie miała prawa. Liane nie cieszyła się na tę rozmowę.

— Będziesz w porządku — uspokoiła Drew, który patrzył na nią z miną wcale nieuspokojoną.

— Wiem, to tylko draśnięcie. Martwię się o ciebie. Idź z Hunterem, dobrze? Niech się tobą zajmie.

— Dobrze — powiedziała otępiale, w końcu zabierając dłoń z opatrunku i pozwalając Hunterowi ją odsunąć. W kilka chwil ratownicy umieścili Drew na noszach, przykleili grubszy opatrunek na ranę i popędzili go dalej.

Emily i Sashę też zabierano, delikatnie prowadzone przez dwie agentki ATF i ratowniczkę, mówiące do nich cicho i łagodnie i ani na moment nie próbujące ich rozdzielić. Na to przyjdzie czas później, może dużo później. Liane zastanawiała się bezwiednie, kto skontaktuje się z ich rodzinami, by powiedzieć, że odnalazły się zaginione córki. Wyjaśni ich gehennę. Może Hunter; w końcu to jego jurysdykcja. Może FBI.

— Wciąż nie wiemy, kto jest kretem — uświadomiła sobie na głos.

— Zostaw to mnie — odezwała się w uchu Jessikah. — Mam kilka pomysłów, gdzie szukać. Czekam tylko, aż ktoś wprowadzi telefon Bulla do depozytu i zacznie zgrywać z niego dane. Ktoś z ATF, może. Kto mógłby dać mi dostęp.

— Może kogoś takiego znam — powiedziała Liane z uśmiechem. Hunter spojrzał na nią dziwnie; dotknęła palcem słuchawki, a on skinął, przenosząc wzrok na Terrence'a i innych agentów, którzy ich teraz otaczali.

— Zabierzmy Panią stąd — powiedział Hunter, biorąc ją pod ramię, by pomóc jej wstać. — Zawieziemy Panią w bezpieczne miejsce, gdzie wreszcie się Pani porządnie wyśpi.

— Sen — powiedziała Liane jak we śnie. — Nie miałam dobrej nocy snu od... nigdy.

— Najwyższy czas to nadrobić.

— Jest z nami — pochwycił jej drugi łokieć Terrence. — Czeka samolot, który ma zabrać ją z powrotem do DC.

— Ona zasypia na stojąco! — warknął Hunter. — Kobieta harowała dla was, prowadząc podwójne życie od ponad roku. Nawet w Rangersach dawaliśmy ludziom przepustkę, zanim wysłaliśmy ich z powrotem do akcji! Dajcie jej przynajmniej jedną, cholerną noc snu.

Terrence zawahał się, jakby pierwszy raz naprawdę na nią spojrzał. — Prawdopodobnie nigdzie w Idaho nie będzie dla niej jeszcze bezpiecznie — powiedział z żalem. — Dopóki nie skończymy wyłapywać reszty członków Braci i ich sojuszników... wszystkich, których nam wskazała. Może się przespać w samolocie, ale obiecuję: dopilnuję, żeby odpoczęła, zanim wróci do biura.

— Tak zrób — Hunter w końcu puścił jej ramię. — Bo inaczej będziesz się tłumaczył przed Drew, a on jest dużo straszniejszy ode mnie, kiedy jest wściekły.

Drew wcale nie jest straszny, chciała powiedzieć Liane, ale była już zbyt zmęczona, by w ogóle zmusić się do słów. Po prostu oparła się na ramieniu Terrence'a i wywlokła się z lasu, już nie dbając o to, by wyglądać na silną. Zrobiła dość. Zrobiła to, po co tu przyjechała — z pomocą Drew — i z przyjemnością zostawiła posprzątanie wszystkiego prawnikom.

— Dziękuję za pomoc — powiedziała do Huntera, mijając go, i usłyszała jego śmiech.

— Dziękuję *Pani*, Agentko Hagerty. Za wszystko.

ROZDZIAŁ DWUDZIESTY CZWARTY

DWA MIESIĄCE PÓŹNIEJ

— DZIĘKUJĘ, AGENTKO HAGERTY — powiedział Dyrektor, kiwając jej głową, gdy zajęła miejsce. — To był bardzo wyczerpujący raport. — Rozejrzał się po stole, na pozostałych wysokich rangą urzędnikach agencji siedzących wokół. — Czy ktoś ma jakieś pytania?

— Dlaczego nie mamy żadnych wieści od Drew Murphy'ego? — zapytał jeden z zastępców dyrektora.

— Nie jest u nas zatrudniony, a na naszą prośbę, by stawił się na to omówienie, odpowiedział odmową — Dyrektor wzruszył ramionami. — Biorąc pod uwagę raporty, którymi tak uprzejmie podzielił się z nami wydział szeryfa hrabstwa Woodvale, sądzę, że i tak mamy wszystkie informacje, jakie dałaby nam jego obecność. Dobrze, jeśli nikt nie ma więcej pytań, pora pogratulować Agentce Hagerty świetnie wykonanej pracy. Agencja zebrała mnóstwo pozytywnej prasy, FBI i Straż Graniczna są nam winne przysługi za rozbicie znaczącej siatki handlu ludźmi, a w Idaho mamy wdzięcznego senatora stanowego, który bardzo się cieszy, że jego siostrzenica wróciła do domu. Bardzo udana operacja pod każdym względem.

Nie wspomniał o krecie, pomyślała Liane, ale nic dziwnego — trochę wstyd przyznać, że to cywil w końcu namierzył źródło Bractwa... które okazało się wcale nie agentem DEA czy FBI, tylko kongresmenem z komisji ds. wywiadu wewnętrznego. Żona tego mężczyzny była adoptowaną córką Bulla z poprzedniego związku. Pełniąc de facto funkcję prywatnej sekretarki męża, miała dostęp do materiałów wywiadowczych, których on nawet nie raczył czytać. Oczywiście to Jessikah odkryła powiązanie; telefon Bulla okazał się ślepą uliczką, ale Jessikah kopała dalej, zdeterminowana, by znaleźć kreta, aż połączyła kropki i namierzyła cel. Liane uparła się, by być przy aresztowaniu.

— Na koniec — podjął Dyrektor, wyrywając ją z zamyślenia, gdy znów zwrócił się do niej — pozostaje kwestia Pani następnego przydziału.

— Nie — powiedziała Liane.

— Słucham? — uniósł brwi, rozbawiony. — Jest Pani teraz naszą gwiazdą, Agentko. Może Pani sama wybrać przydział. Cokolwiek Pani zechce. Choć... — spojrzał na jej włosy, obecnie pofarbowane na róż z fioletowymi końcówkami. — Być może będzie trzeba nieco dostosować wizerunek, jeśli chce Pani piąć się po szczeblach. Ma Pani predyspozycje, by pewnego dnia usiąść na moim miejscu, o ile będzie Pani gotowa włożyć w to pracę.

— Przykro mi, ale kończę — odparła.

— Koniec?

Wszyscy przy stole spojrzeli z niedowierzaniem.

— Wypowiedzenie. — Wyjęła kopertę z kieszeni marynarki i położyła ją na stole.

— Ale... dokąd Pani pójdzie?

— Jeszcze o tym myślę. Może Kalifornia. Mieszka tam moja siostra. A Jessikah z zacięciem namawiała, żebym dołączyła do jej firmy, zapewniając, że będę miała więcej frajdy i dużo lepszą pensję. Nadal się zastanawiała, ale niezależnie od tego, czy przyjmie ofertę, chciała spędzić trochę czasu z siostrą. Na nowo się poznać. A przy okazji zamierzała skontaktować się z Drew i dowiedzieć, co teraz porabia. Zaszczypało ją, że nie przyjął zaproszenia do Waszyngtonu na to spotkanie. Przypuszczała, że pewnie gładko wpasował się w robotę zwykłego zastępcy w biurze szeryfa Jasona Huntera, kiedy już Bractwo i ich sojusznicy trafili za kraty, ale myślała, że jednak się odezwie.

Może ich związek był tylko przelotnym romansem zrodzonym z desperacji, faktem, że byli jedynymi dwiema osobami, które wiedziały, jaka jest ich misja. Jedynymi, którym mogli ufać.

Może Drew już poszedł dalej. Znalazł kogoś, z kim się ustatkował.

Znęcam się nad sobą. Dość.

— Siostra! — Jessikah zerwała się z pluszowego, skórzanego fotela stojącego przed istną ścianą monitorów — dokładnie tak Liane ją sobie wyobrażała — i ruszyła z rozpostartymi ramionami, by zamknąć Liane w entuzjastycznym uścisku. — Dojechałaś!

— Cóż, wysłałaś mi bilet pierwszą klasą i jeszcze kierowcę na lotnisko, żeby mnie odebrał — odparła sucho Liane, z ciekawością rozglądając się po biurze. — Przyznam jednak, że skoro przyleciałam wieczorem, sądziłam, że zawiezie mnie do ciebie do domu, a nie do pracy.

Biurowiec był tak anonimowo-niepozorny, jak tylko się da, pośrodku dużego parku biznesowego w Anaheim, otoczony podobnymi budynkami. Jedyną znaczącą różnicą, jaką Liane zauważyła, był brak jakichkolwiek oznaczeń na zewnątrz. Ani w środku zresztą. Ani jednego napisu, który zdradzałby przypadkowemu — lub nieco mniej przypadkowemu — ciekawskiemu, jaka firma tu działa.

Jej eskortujący z lotniska, posiwiały starszy mężczyzna, który przez całą drogę ledwie się odezwał, przeciągnął kartę przez z pół tuzina solidnie wyglądających drzwi zabezpieczających, żeby ich tu wprowadzić. Sama liczba kamer dyskretnie zamontowanych w każdym korytarzu i nad każdymi drzwiami mówiła Liane, że traktują bezpieczeństwo bardzo poważnie... dlatego wydało jej się dziwne, że nikt jej w żaden sposób nie wylegitymował.

— To czym ty właściwie się tu zajmujesz? I dla pełnej przejrzystości — czym właściwie jest *to miejsce*? — zapytała siostrę z ciekawością, gdy Jessikah wreszcie ją puściła i wskazała jej krzesło.

Jess uśmiechnęła się tajemniczo. — Powiedzmy, że jestem tu wyżej, niż można by się spodziewać po kimś w moim wieku.

— A sama działalność? Byłaś w tym wyjątkowo enigmatyczna. — Liane odchyliła się w fotelu i przyjrzała się siostrze. Jessikah wyglądała świetnie; zawsze była ładną dziewczyną, wysoką i szczupłą, jak wszystkie trzy siostry, z wyraźnie zarysowanymi kośćmi policzkowymi, długimi, ciemnymi włosami zebranymi w długi warkocz przewieszony przez jedno ramię i ciemnoniebieskimi oczami, w których zawsze igrał rozbawiony błysk. Jakby Jess miała sekrety, którymi nie zamierzała się dzielić. Bluza z kapturem z postacią z anime na przodzie i postrzępione dżinsowe szorty nie czyniły z niej może wzorca poważnej dyrektorki, do czego zdawała się nawiązywać, ale Liane wiedziała, że nie należy oceniać ludzi po ubraniu.

— Jesteśmy prywatną agencją ochrony — powtórzyła to, co powiedziała, gdy oznajmiła Liane, że odchodzi z NSA. — Bierzemy na siebie wiele zleceń, w które rząd nie chce oficjalnie mieszać palców, a do tego obsługujemy interesy całkiem sporej grupy bardzo majętnych osób.

— Ten cały biznes? — Liane wykonała palcami gest cudzysłowu. — Taka ochrona osobista? Brzmi trochę nudno.

— Czasem i to. — Uśmiech Jessikah był rozbawiony. — Niekiedy ich problemy są dość złożone. My je rozwiązujemy. Po cichu i z dala od mediów. To bardzo różnorodna robota. Szczerze mówiąc, możesz robić, co zechcesz. Niańczyć gwiazdę z pierwszej ligi albo rozpracowywać spisek porwania brata miliardera. Weryfikować autentyczność dzieł sztuki wartych wiele milionów dolarów albo wytropić gang handlujący skradzionymi pociskami przeciwlotniczymi.

Liane poczuła, jak rozszerzają jej się oczy. Jak całe ciało pochyla się do przodu. Wiedziała, że zdradza zainteresowanie. — Pociski przeciwlotnicze? To chyba jednak zadanie dla amerykańskiego wojska?

— Może tak. Gdyby to były amerykańskie pociski. — Uśmiech Jessikah stał się zwycięski. — Nie są. Ale mogą być sprowadzane, by użyć ich przeciw celom w USA. Sprawa jest delikatna... i pomyślałam, że twoja ekspertyza może się przydać.

— Oferujesz mi pracę. — Spodziewała się tego, ale chciała, by Jessikah powiedziała to wprost.

— Owszem. O wiele lepiej płatną niż ta, którą miałaś. Premie. Urlopy, pierwszorzędna opieka zdrowotna. Firma znajdzie ci nawet mieszkanie, jeśli chcesz. — Jessikah machnęła ręką, jakby mówiąc, że to nie jest najważniejsze. Znała siostrę. Liane też nie uważała, by to było najważniejsze. Bardziej interesowały ją te pociski przeciwlotnicze.

— Kiedy mogę zacząć? — zapytała, a Jessikah roześmiała się.

— Choćby teraz, jeśli chcesz. Witaj w Hestia Global Security, siostro. — Pochyliła się, podając jej dłoń.

— Hestia? — zdziwiła się Liane. — Ta... bogini ogniska domowego?

— Pilnujemy, by ognisko domowe nie wygasło — odparła tajemniczo Jessikah, znów się śmiejąc. — Och. Chcesz poznać swojego nowego partnera? — Odwracając się, stuknęła w klawisz jednej z klawiatur na biurku, najwyraźniej wysyłając sygnał gdzieś w budynku, bo po chwili drzwi do biura otworzyły się i do środka wszedł mężczyzna.

Liane była w połowie protestu, że nigdy nie pracowała w parze i teraz też nie potrzebuje partnera, kiedy słowa zamarły jej na ustach. Spojrzała z niedowierzaniem.

— *Drew?*

— Niespodzianka. — Oparł się o framugę drzwi, uśmiechając się do niej. Trochę przybrała na wadze, pewnie dlatego, że nie zasuwała już jak szalona, prowadząc knajpę przy szosie i jednocześnie szpiegując Bractwo, i bardzo jej to służyło. Jej krótka fryzura trochę odrosła, loki tańczyły przy linii włosów, teraz pofarbowane na fascynujący odcień turkusowego błękitu z czarnymi końcówkami.

— Okazuje się, że twoja siostra jest bardzo przekonująca.

Spędził parę nocy w szpitalnym łóżku po starciu z Bractwem, kiedy drasnęła go kula. Lekarzy bardziej martwiło wstrząśnienie mózgu po tym, jak Cash trzasnął go kawałkiem kantówki cztery na cztery cale w głowę, zwłaszcza że nie miał nikogo, kto mógłby go pilnować w domu... a jego chatka, jak poinformował go Hunter, i tak w tajemniczych okolicznościach spłonęła doszczętnie, gdy leżał w szpitalu. Hunter powiedział mu, że w biurze szeryfa znajdzie się dla niego posada, ale obaj wiedzieli, że jeśli Drew zostanie w Idaho, będzie miał na plecach celownik. Zbyt wielu ludzi było uwikłanych w interesy Bractwa i wcale nie byli zachwyceni, że nie działa ono już na ich rzecz.

Więc kiedy wyszedł ze szpitala na własne żądanie, stanął przy krawężniku, zastanawiając się, dokąd, u diabła, ma teraz pójść, a wysoka, piękna młoda kobieta o uderzająco znajomych rysach otworzyła drzwi samochodu i skinęła, żeby wsiadał, był dość zaintrygowany, by podejść i wysłuchać, co ma do powiedzenia.

Tego samego dnia poleciał z Jessikah do Kalifornii.

— Nie musicie oczywiście pracować w parze — odezwała się Jessikah, kiedy cisza przeciągnęła się niezręcznie. — Ale pomyślałam... skoro już dobrze wam się razem pracowało...

Liane otrząsnęła się z pozornego paraliżu, zerwała się z krzesła i niemal przeleciała przez pokój, żeby rzucić mu się na szyję. Uśmiechnięty Drew złapał ją i przytulił mocno.

— Zostawię was — powiedziała Jessikah, wymykając się cicho z pokoju z szerokim uśmiechem, gdy usta Liane odnalazły usta Drew.

— Nie mogę uwierzyć, że tu jesteś — szepnęła Liane trochę później. Drew wyprowadził ją z gabinetu Jessikah do innego pomieszczenia — jakiegoś pokoju socjalnego, jak jej się zdawało — z dużą, wygodną kanapą, na której wtulili się w siebie, żeby poprzytulać się i porozmawiać.

— Okazuje się, że prywatne firmy nie wymagają bezwzględnie dwojga sprawnych oczu u pracowników. — Drew wzruszył ramionami. — I jak mówiłem, twoja siostra jest bardzo przekonująca. Powiedziała, że próbuje zrekrutować też ciebie, ale nie była pewna, czy odejdziesz z ATF.

— Czułam, że wpychają mnie w ciasne pudełko. Po tak długim czasie bycia w praktyce własną szefową nie dałam już rady. To — machnęła ręką, wskazując luksusowy, ale zasadniczo anonimowy biurowiec — szczerze mówiąc, nie do końca wiem, czym dokładnie jest, ale *wiem*, że nie będę się tu czuła wtłoczona w ramki. — Delikatnie przesunęła palcami wzdłuż szczęki Drew. — Praca z tobą będzie wspaniała.

— Całkiem nieźle nam poszło razem, co. — Uśmiechnął się, pochylając się, by znów ją pocałować.

— Naprawdę rzadko pracowałam z partnerem — uprzedziła.

— Jasne, że pracowałaś. Przecież współdziałaliśmy przez długie miesiące w Idaho. Zastrzeliłaś Gerry'ego, żeby uratować Emily i mnie.

— A ty zastrzeliłeś Kaleba, żeby uratować mnie. — Splotła swoje palce z jego palcami. — Żałujesz?

— Żałuję zmarnowanego życia. Gdyby wychował się w innej rodzinie, czy mógłby być kimś innym niż był? — Drew wzruszył ramionami. — Kto to wie? Ale taki, jaki był... nie, nie żałuję. Świat jest lepszy bez niego i, jak cholera, lepszy jest też bez tej gnidy Gerry'ego.

— To akurat święta prawda! — Przytulając głowę do jego ramienia, powiedziała cicho: — Czyli co, będziemy teraz sami wybierać misje?

— Mniej więcej, ale myślę, że Jessikah ma kilka konkretnych rzeczy na myśli, przy których moglibyśmy pomóc. Prowadziłem trochę rozpoznania i zdecydowanie jest na tropie. Musimy znaleźć i przechwycić te cholerne pociski, zanim trafią w niepowołane ręce.

To zdecydowanie ten rodzaj misji, który sprawia, że każdemu agentowi chce się jak najszybciej wrócić w teren. Liane czuła, jak podnosi jej się adrenalina na samą myśl. Uśmiechnęła się do Drew. — Myślisz, że mogłabym zacząć w przyszłym tygodniu?

— A nie jutro? — droczył się.

— Cóż, planowałam spędzić jutro w łóżku. Z tobą, jeśli jesteś wolny.

— Myślę, że mógłbym zwolnić grafik.

Śmiech Liane wyrwał się na głos, gdy sięgnęła, by opleść ramionami szyję Drew. — Tęskniłam za tobą — wyszeptała mu w usta. — Bardziej, niż spodziewałam się tęsknić za kimkolwiek.

— Nigdy nie sądziłem, że będę miał kogoś, komu będzie mnie brak — odparł miękko — i nie jestem tak do końca pewien, jak się obchodzić z tym całym byciem w związku, ale kocham cię, Liane. To, co mamy, może nie skończyć się białymi płotkami i dwojgiem z hakiem dzieci, ale dokądkolwiek nas zaprowadzi... jestem w tym na sto procent.

Na sto procent. Podobało jej się to brzmienie. Jeszcze bardziej podobało jej się, że Drew nie upierał się, by na siłę definiować ich relację. Partnerzy. Kochankowie. Dokądkolwiek postanowią ją poprowadzić... razem.

— Na sto procent — wyszeptała w odpowiedzi, zanim przyciągnęła jego usta do swoich.

Koniec

*Dziękuję za lekturę **Misja Rangera**! Mam nadzieję, że historia Drew i Liane przypadła ci do gustu. Następna książka w serii **Oddział Ratunkowy** to **Krew Rangera**, w której wygadana, genialna hakerka Jessikah, siostra Liane, rusza na własną misję pod przykryciem... z byłym partnerem Rangerem, zdeterminowanym, by za wszelką cenę trzymać ją w bezpiecznym miejscu.*

Czytaj dalej — darmowy rozdział próbny!

Krew Rangera – Przykładowy rozdział

Telefon drący się kilka cali od twarzy wyrwał Pascala Montoyę z głębokiego, wyczerpanego snu. Nie otwierając oczu, sięgnął po niego i przyłożył do ucha.

— Co? — warknął.

— Operacja Spinifex jest aktywna — odezwał się po drugiej stronie spokojny kobiecy głos. — Zastępczyni Dyrektora Spires wzywa Pana natychmiast do swojego gabinetu.

Oczy Pascala otworzyły się na oścież już po pierwszych dwóch słowach. — Będę za pół godziny. Jestem w domu — mruknął, podnosząc się do pozycji siedzącej.

— Zastępczyni Dyrektora wysłała po Pana samochód.

— Oczywiście, że wysłała. — Zakończył połączenie i rzucił telefon na materac, przetarł oczy i ziewnął, zanim wstał, wolniej, niż by chciał.

— Dopada mnie średni wiek — mamrotał, kierując się do łazienki. — A może po prostu przespałem tylko dwie godziny.

Trzydzieści minut później wysiadał już z samochodu w Langley, przeciągnął kartę dostępu przy pierwszych z kilku drzwi i ruszył do gabinetu swojej szefowej. Zastępczyni Dyrektora ds. Operacji, Amanda Spires, siedziała za biurkiem, nienagannie ubrana w jedwabny, granatowy jak noc kostium ze spódnicą, pełny makijaż mimo tego, że dochodziła trzecia nad ranem.

— Cieszę się, że mógł Pan do mnie dołączyć, Montoya — mruknęła Spires, nie odrywając wzroku od ekranu przed sobą. — Już kończę.

Usiadł, by poczekać, odchylił się w wygodnym biurowym fotelu i rozejrzał. Mimo wysokiej rangi w Agencji Spires nie miała wypasionego narożnego biura z widokiem na trawniki, tylko pozbawiony okien boks głęboko w trzewiach budynku. Za to z polityką otwartych drzwi dla agentów, których wysyłała w teren, by robili brudną robotę Wuja Sama.

— Dzięki, że Pan poczekał. — Spires wysunęła z ucha słuchawkę i wrzuciła ją do szuflady biurka. — Przepraszam, że ściągnęłam Pana w środku nocy, zwłaszcza że dopiero co wrócił Pan z Durbanu, ale to nie może czekać.

— Pani asystentka powiedziała, że Spinifex jest aktywne?

— Zgadza się. — Uśmiech Spires był napięty. — Od miesięcy śledzimy wzmianki, weryfikujemy informacje. Na ile to możliwe, tak. Fortuna naprawdę ma walizkową bombę nuklearną... i przygotowuje się do sprzedania jej temu, kto da najwięcej.

Usta Pascala też się zacisnęły. Tropił znajomości i koneksje nieuchwytnego handlarza bronią znanego jako Baz Fortuna od lat, nie miesięcy. Odkąd CIA stworzyła mu przykrywkową tożsamość brokera.

— Kiedy rusza licytacja? Na Dark Webie, jak rozumiem?

— Tak i nie. Na Dark Webie licytuje miejsca przy stole, ale właściwa aukcja odbędzie się w miejscu, którego jeszcze nie ujawniono.

— Musi mnie Pani tam wprowadzić.

— Nie ucz ojca dzieci robić, Montoya. — Zastępczyni dyrektora uśmiechnęła się krzywo. — Dowiedzieliśmy się o tym trochę za późno. Zostało jedno miejsce... a aukcja dla miejsc zamyka się za dziesięć minut. Niech Pan ze mną idzie. — Wstając z krzesła, skinęła mu, by podążył za nią.

Ruszili do jednego z pobliskich pokoi operacyjnych, wysokotechnologicznej enklawy, pełnej ludzi nawet o tej porze nocy; technicy pracowali przy wieloekranowych stanowiskach, zarządzając operacjami w czasie rzeczywistym na całym globie. Spires podprowadziła go do jednego z ulubionych techników, który zerknął na nich znad okularów w niebieskich, półksiężycowatych oprawkach i skinął głową.

— Montoya. Pani.

— Jak idzie licytacja? — zapytała Spires.

— Rośnie. — Technik skinął na jeden z ekranów. — A przynajmniej Fortuna tak myśli. Zablokowałem wszystkim innym dostęp. Podbiję do 228 000, to o 40 000 więcej niż jakakolwiek z wygranych ofert do tej pory. Wystarczająco wysoko, żeby wyglądało wiarygodnie; nie tak wysoko, żebyśmy wyglądali na zdesperowanych.

— Dobra robota, Andy. — Spires poklepała go po ramieniu. — Ściągnęłam Montoyę na wypadek, gdyby musiał szybko potwierdzić tożsamość przed Fortuną.

— Możliwe, Pani. Zdobyłem informacje, na jakich kwotach zamknęły się pozostałe licytacje, ale nie widzę żadnej prywatnej komunikacji, jaka mogła zajść między Fortuną a innymi kupującymi później.

— Wiemy, kim oni są?

— Pracuję nad tym. — Andy skinął głową w stronę innego ekranu po prawej, po którym przewijały się linijki kodu zbyt szybko, by ludzkie oko nadążyło. — Jestem prawie pewien, że jeden z nich to Korea Północna.

— Mają własne bomby — zauważył Pascal.

— Nietestowane i na pewno nie przenośne. Wielkie, toporne ładunki, które trzeba dostarczyć za pomocą ICBM — powiedziała Spires roztargnionym tonem. — Co jest, hmm, trochę zbyt oczywiste. Zapłaciliby krocie za małe urządzenie, które mogliby rozebrać i odtworzyć technologię, i nie tylko oni.

— Nie użyją jej?

— Mało prawdopodobne. Ale to nie jedyni potencjalni nabywcy. Są grupy terrorystyczne z naprawdę grubą kasą, jak Pan doskonale wie. Zbuntowane państwa. Handlarze bronią, którzy mogą działać jako pośrednicy, licząc, że sprzedadzą to dalej i skasują prowizję.

Pod kwotą w dolarach na ekranie Andy'ego odliczał czasomierz i Pascal akurat na niego patrzył, gdy nagle ekran mignął, zgasł na parę sekund, po czym z powrotem się rozświetlił.

— Ten licznik właśnie zwariował — wskazał.

— Słucham? — Andy oderwał się od ekranu z kodem, żeby spojrzeć.

— Ekran zgasł na kilka sekund, ale licznik uciął trzydzieści sekund. — Pascal wskazał. — Wiem, co widziałem — dodał, gdy Andy rzucił mu powątpiewające spojrzenie.

— To i tak bez znaczenia. To moja oferta. A teraz wchodzi ostatnia — oznajmił Andy, kiedy licznik zszedł do piętnastu sekund, a kwota się zmieniła. — I... jest. — Czasomierz wyświetlił 0:00:00 i Andy uniósł dłoń, wyraźnie oczekując przybicia piątki. — Wygraliśmy!

— Andy! — Spires wskazała ekran, na którym kwota właśnie znów się zmieniła, skacząc o kolejne 20 000 dolarów. — Co to, do diabła, jest?

— Cholera! — Andy rzucił się do klawiatury, stukając w pośpiechu. — Cholera, cholera, cholera...

— Ktoś nas przebił. Prawda? — odezwał się Pascal po paru minutach, gdy Andy pisał i klął.

— Jezu Chryste — mruknęła Spires, chwytając się za czoło. — To jest pieprzona katastrofa. Kto?

— Ustalę to. Przysięgam... proszę mi dać kilka minut, Pani...

— Do mojego gabinetu. — Spires skinęła głową Pascalowi, a on poszedł za nią w osłupieniu.

— Musimy dostać się na tę aukcję. Nawet nie wiemy, gdzie się odbędzie. — Spires wyraźnie nie potrafiła ustać w miejscu, krążyła po gabinecie. — Próbowaliśmy wszystkiego, żeby przechwycić Fortunę i tę cholerną bombę, i utknęliśmy w martwym punkcie. Nie rozumiem, co się stało...

— Dość oczywiste. — Pascal usiadł i skrzyżował ramiona. — Ktoś jest lepszym hakerem niż Andy.

— Lepszym hakerem, z lepszym zapleczem komputerowym i finansowaniem, żeby przelicytować Agencję? —

Spires rzuciła mu niewierzące spojrzenie, po czym nagle się zatrzymała, jakby ją olśniło. — Czekaj. Cholera.

— Myśli Pani, że to inna agencja rządowa. Mossad albo MI6? — zgadł Pascal.

— Prawie musi tak być, prawda? Tak, Andy? — Spires skinęła, by speszony technik wszedł. — To inna agencja, prawda?

— Chciałbym móc powiedzieć, że tak, Pani. Byłoby mniej wstydliwie zostać przebitym przez kolegów po fachu.

— To kto?

— Amerykańska prywatna firma, Pani. Hestia Global Security.

Spires zastygła. Po jej twarzy przemknął grymas, którego Pascal nie potrafił odczytać.

— Nie słyszałem o nich, Pani. Mam dalej kopać? — zapytał Andy, wyraźnie chętny odkupić swój błąd.

— Nie. Dalej zajmę się tym sama. Ty pracuj nad ustaleniem pozostałych licytantów. Musimy wiedzieć, z kim konkurujemy. — Odprawiła go skinieniem, po czym zamknęła drzwi gabinetu — coś, co Pascal widział u niej rzadko przez pięć lat pracy.

— Zna Pani Hestię — ocenił.

— Znam. — Spires znów zaczęła krążyć, po czym najwyraźniej podjęła decyzję i energicznie skinęła. Podniosła słuchawkę, wcisnęła przycisk. — Przygotować samolot do startu — warknęła do asystentki, która odebrała. — Mam nadzieję, że ma Pan spakowaną torbę awaryjną, Montoya.

— Zawsze — odparł Pascal sucho. — Dokładnie dokąd lecimy?

— Do Kalifornii. — Spires obnażyła zęby w parodii uśmiechu. — Konkretnie do Los Angeles.

Było już prawie południe, kiedy Pascal i Spires wysiedli z samochodu na parkingu przy niedużym biurowcu pośrodku niepozornego parku biznesowego w południowo-zachodnim Anaheim.

— To tutaj? — Pascal osłonił dłońmi oczy przed kalifornijskim słońcem i zerknął na fasadę. — Nie ma nawet nazwy.

— A w Mapach Google figuruje jako telefoniczne call center. — Spires trzasnęła drzwiami i ruszyła przez parking, jej obcasy głośno stukały, a teczka kołysała się w dłoni. — To tutaj.

Zastępczyni Dyrektora była podczas podróży wyjątkowo małomówna i Pascal znał ją na tyle, by nie naciskać. Szybki rekonesans w sieci w telefonie nie przyniósł żadnych wyników: Hestia Global Security najwyraźniej w ogóle nie istniała. Nie figurowała w żadnym rejestrze firm ani katalogu online.

Jak taka firma zdobywa klientów, skoro potencjalni nawet nie mogą jej znaleźć?

Tylko jedna odpowiedź miała sens. Hestia nie potrzebowała więcej klientów, bo miała już roboty po uszy. Od rządu.

Co oznaczało, że Hestia albo była przybudówką rządową — jakimś czarnym projektem finansowanym poza budżetem — albo zatrudniano ją do zadań, w które rząd nie mógł być oficjalnie zaangażowany. Zadań wymagających pewnego stopnia oddzielenia od polityki.

Innymi słowy: możliwości wiarygodnego zaprzeczenia.

Szklane drzwi rozsunęły się na ich podejście, odsłaniając niewielki, najwyraźniej nieobsadzony hol. Jedynymi widocznymi drzwiami była para stalowych drzwi windy naprzeciwko.

Nie było przycisku przywołania.

— Yyy. Jak my... — zaczął Pascal, ale w tej chwili drzwi windy się otworzyły, ukazując młodą kobietę.

Nie był pewien, czego się spodziewał, ale na pewno nie długich, turkusowo-morskich włosów jak u syreny, spływających swobodnie do łopatek, boho-sukienki w kolorze purpury z maleńkimi dzwoneczkami wyszytymi wokół dołu, brzęczącymi na wysokości kolan, i białych kowbojek.

Spojrzenie Pascala powędrowało z niedowierzaniem od włosów po buty i z powrotem.

— Zastępczyni Dyrektora Spires — powiedziała młoda kobieta z uśmiechem. — Co za zaszczyt. A...? — rzuciła pytające spojrzenie na Pascala.

— Agent Pascal Montoya — odezwała się Spires. — Jesteśmy tutaj, żeby porozmawiać z waszą dyrektorką techniczną.

— I macie Państwo umówioną wizytę? — Niebieskowłosa roześmiała się, jakby żartowała sama z siebie. — Żartuję, Pani Zastępczyni. Tędy, jeśli można?

Nie mieli wielkiego wyboru i poszli za nią do windy. Recepcjonistka — przynajmniej tak założył Pascal — pochyliła się w stronę małego czarnego kwadratu w ścianie windy. Zorientował się, że to skaner siatkówki, gdy zielona smuga światła przejechała krótko po jej twarzy, zanim drzwi się zamknęły i winda ruszyła.

— Jak wzywa się windę? — zapytał. — Na zewnątrz nie widziałem skanera siatkówki.

— Inteligentna technologia. — Uniosła nadgarstek, pokazując smartwatch. — Tym się wchodzi... ale dalej potrzebny jest skan siatkówki.

Winda się zatrzymała i drzwi rozsunęły, wyrzucając ich w nijaki korytarz z drzwiami po obu stronach. Kawałek dalej dwóch mężczyzn stało przed jednym z pomieszczeń i rozmawiało; odwrócili się, zobaczyli grupkę wychodzącą z windy i natychmiast weszli do biura, zamykając za sobą drzwi.

— Znam go — wyszeptał Pascal, szukając w pamięci. Widział już gdzieś tego wyższego i po kilku sekundach odpowiedź przyszła sama. — To był Drew Murphy. Po co firmie od bezpieczeństwa technologicznego ktoś taki?

Mówił bardzo cicho, a recepcjonistka, idąca przed nimi, nie powinna była słyszeć. Spires pochyliła się bliżej.

— Kto to? — szepnęła.

— Elitarny snajper. Jeden z najlepszych u Rangerów.

Pascal sam był kiedyś Rangerem, zanim zwerbowało go CIA. Murphy'ego nie znał dobrze, ale Pascal nigdy, przenigdy nie zapominał twarzy. Co było zresztą jednym z powodów, dla których go zrekrutowano; należał do około 1% populacji o ponadprzeciętnej zdolności rozpoznawania twarzy — był tzw. superrozpoznawcą.

— Ciekawe — tylko tyle zdążyła powiedzieć Spires, zanim recepcjonistka otworzyła drzwi do gabinetu — bez pukania, zauważył Pascal — i gestem zaprosiła ich do środka.

W środku bardziej przypominało to pomniejszoną wersję centrum dowodzenia techników, które opuścili w Langley zaledwie kilka godzin wcześniej, niż czyjś prywatny gabinet, ale w centrum podkowy biurek stał tylko jeden fotel, nad którym wisiał tuzin monitorów; na blatach leżało kilka klawiatur i urządzeń wejściowych.

Fotel był pusty i on oraz Spires wymienili spojrzenie, gdy recepcjonistka zamknęła drzwi, zostając z nimi w środku.

— Ach, dyrektorka techniczna? — zapytała grzecznie Spires.

— Tak? Och, najmocniej przepraszam. Nie przedstawiłam się. Jessikah Hagerty. — Wyciągnęła do Spires rękę.

Pascal wiedział, że musiała mu opaść szczęka, a Spires okazała równie wielkie zdumienie.

— *Jest Pani* dyrektorką techniczną? Ale Pani jest...

— Za młoda? Często to słyszę. Mam dwadzieścia siedem lat. Ale skończyłam Berkeley z tytułem magisterskim z informatyki w wieku osiemnastu lat i spędziłam pięć lat w NSA, zanim sprowadzono mnie tutaj. — Jessikah błysnęła szelmowskim uśmieszkiem, opierając biodro o róg jednego z biurek. — Poza tym wie Pani, że jestem wystarczająco dobra. Wygryzłam waszych techników z tej aukcji, prawda?

*Chcesz wiedzieć, co będzie dalej? Sięgnij po **Krew Rangera** już teraz!*

Inne książki autorki Caitlyn Lynch

Oddział Ratunkowy

Ratunek Rangera
Powrót Rangera
Misja Rangera
Krew Rangera
Żar Rangera (tylko dla subskrybentów newslettera)

Amazonki z Ridgewater

Zaufaj procesowi
Przełamywać bariery
Wspólny grunt
Zapisane w gwiazdach
Święta w Ridgewater

Poznaj wszystkie publikacje Shenanigans Press, odwiedzając naszą stronę internetową, https://www.she naniganspress.com/pl!

Możesz też obserwować nas w mediach społecznościowych – jesteśmy na Facebooku i Instagramie (@ShenanigansPressPolska)

I nie zapomnij zapisać się do naszego newslettera, aby otrzymywać informacje o nowościach, promocjach, konkursach i wiele więcej!